KEPLER62

BUCH 2: DER COUNTDOWN

KEPL

ER62

KOSMOS

KEPLER-62e

BJØRN SORTLAND

TIMO PARVELA

Illustrationen

PASI PITKÄNEN

Übersetzung

ELINA KRITZOKAT

BUCH 2:
DER COUNTDOWN

Umschlaggestaltung von *Weiß-Freiburg GmbH*
Grafik und Buchgestaltung unter Verwendung
einer Illustration von Pasi Pitkänen

First published by Werner Söderström Ltd in 2015 with the Finnish title
KEPLER62 – Kirja 2: Lähtölaskenta.
Original Norwegian title: Kepler62 Nedtelling
Published in the german language by arrangement with Bonnier Rights
Finland, Helsinki

FSC
www.fsc.org
MIX
Papier aus verantwortungsvollen Quellen
FSC® C014889

Gedruckt auf chlorfrei gebleichtem Papier

ISBN 978-3-440-16613-0
Redaktion: Juliane Voorgang
Übersetzung: Elina Kritzokat
Produktion: Verena Schmynec
Satz: Weiß-Freiburg GmbH – Grafik und Buchgestaltung
Druck und Bindung: Friedrich Pustet GmbH & Co. KG, Regensburg
Printed in Germany / Imprimé en Allemagne

1.

„Ich hab's endlich geschafft!", ruft eine aufgeregte Jungsstimme. Und nach einer irritierten Pause: „Du hast doch gesagt, ich kann immer anrufen."

Ich brauche drei Sekunden. Dann weiß ich, wer das ist.

Ich schaue auf die Uhr. Fast drei. Drei Uhr nachts. Das ist die Zeit, zu der ich normalerweise ins Bett gehen würde. Spät, ich weiß.

„Alles klar", sage ich und hoffe, möglichst cool und entspannt zu klingen, „du kommst am besten gleich hierher. Und sag niemandem was! Nimm ein Taxi, ich bezahle es dir. Steig am Brunnen vor unserem Haus aus, da warte ich auf dich. Ohne mich kommst du sowieso nicht durchs Tor."

„Okay." Er legt auf.

Was ich ihm verschweige: dass er vielleicht erschossen wird, wenn er sich dem Haus allein nähert. Aber vermutlich weiß er das auch so.

Mein Herz hämmert.

Alle sagen, das Spiel hat ein geheimes Level. Darüber wurde schon geredet, als es noch gar nicht rausgekommen war. Inzwischen ist das Internet voll von wilden Gerüchten und seltsamen Wetten. Und die anderen Medien sind es auch. Die Zeitungen, das Fernsehen, das Radio.

Möglicherweise ist alles nur ein alberner Hype. Aber wer weiß das schon. „Sei Teil der Geschichte", heißt es überall. Bloß: Um was für eine Geschichte handelt es sich eigentlich?

Wenn man sich traut, sich ein paar mehr Gedanken zu machen, muss einem eins klar werden: Die Regierung lügt. Im Ernst. Wieso sollte man jemandem glauben, der jede Information, jede Nachricht mit demselben dummen Satz einleitet und beendet? *Die Regierung ist dein Freund*. Und in anderen Ländern scheint es nicht anders zu sein. Aber gut. Wer lieber möglichst wenig denkt, muss den Politikern eben blind vertrauen. Und wer würde sich *nicht* wünschen, dass die Regierung Gutes für die Menschen tut … Der gegenteilige Gedanke ist schwer zu ertragen.

Doch leider habe ich mir schon immer viele Gedanken gemacht. Und ich glaube nicht, dass die Regierung mein Freund ist. Echte Freunde?! Habe ich sowieso nicht, keinen einzigen. Und deshalb bin ich frei. Ich muss mich um niemanden kümmern.

KTA

Ich gebe zu, dass mich der Kepler-Hype angesteckt hat. Endlich mal etwas, das ich *nicht* als Erste hatte. Eine echte Herausforderung.

Nicht nur in den Medien ist das Spiel präsent. Auch meine sogenannten Freunde reden davon. Und meine Feinde – ja, ein paar habe ich. Sogar mein komischer Sportlehrer, der sich heimlich nach einem dritten Weltkrieg sehnt, redet von dem Spiel. Endlich gibt es etwas, worauf Wikipedia keine Antwort hat. Etwas, bei dem man nicht schummeln kann, für das man die Lösung nicht kaufen kann.

Kepler62 muss man einfach *spielen*. Bis zum Ende. Angeblich passiert dann was wirklich Verrücktes, eine Art Wunder. Was genau, weiß keiner. Mittlerweile ist das Spiel endlich auch bei uns rausgekommen.

Das andere Thema, das mir ständig begegnet, sind die Entdeckungsreisen. Im Fernsehen geht es um nichts anderes mehr. Entdeckungsreisen ins Weltall – als neue Möglichkeit für die Menschheit. Auf der Straße feiern die Leute das mit trötenden Blasorchestern, wehenden Flaggen und billigen Bonbons. Mich interessiert das eher weniger. Ist doch alles von der Regierung gepusht. Gehirnwäsche. Denn die Regierung hat Angst, dass die Leute den Glauben an eine bessere Zukunft verlieren. Den haben wir nämlich dringend nötig. Und erst recht die bessere Zukunft.

Ich überlege die ganze Zeit, ob unser Planet inzwischen endgültig kaputt ist. Es gibt zu viele Menschen, zu viele Kriege, das Klima ist eine echte Katastrophe, und die meisten Bakterien sind resistent. Die Stimmung ist wirklich nicht gerade auf dem Höhepunkt.

Eigentlich interessieren mich Computerspiele ja nicht so besonders. Aber jetzt ist es anders. Bei Kepler62 hat man am Ende wohl die Option, als Waffe einen simplen Dolch zu wählen. Damit fällt den Leuten dann nichts Besseres ein, als hilflos auf der schweren Holztür rumzukratzen, die einem plötzlich im Weg steht. Das Spiel ist relativ günstig, man braucht keine Extras und muss für die schwierigeren Level nichts bezahlen. Erst für Level 100 muss man sich neu einloggen. Und da scheitern so gut wie alle. Klar, dass mich das interessiert.

Die Gerüchte stimmen. Das Spiel ist sauschwer. Aber ein Junge aus Südkorea hat es geschafft. Und zwei aus Finnland. Und jetzt noch ein Mädchen aus Kanada. Bestimmt kommen gerade ein paar mehr dazu. Niemand von ihnen verrät was. Aber man sieht sie auf Bildern, die jetzt plötzlich auftauchen. Sie tragen eine Art Arbeitsanzug, und in der Ecke des Fotos ist das Kepler62-Logo. Unten steht der Spruch: „Wir kennen die Lösung – supereasy."

Was dann *doch* nicht stimmt: dass man sich die Lösung nicht kaufen könnte. Klar kann man das. Man kann sich alles kaufen. Sogar sogenannte Freunde oder ein kleines, armes Land. Alles.

Mein Handy leuchtet auf:

Ich bin gleich am Brunnen. Du kommst raus, o. k.?

2.

Ich befühle den herzförmigen Anhänger meiner Kette. Eine Erinnerung an meine Mutter. Das mache ich immer, wenn ich nervös bin. Das Herz kann man aufklappen, ein kleines Foto von ihr liegt drin. Es wirklich anzuschauen schaffe ich nur ganz selten.

Ich ziehe meinen roten, langen Mantel an, den ich wohl nie aussortieren werde.

Draußen regnet es. Kalte, dicke Tropfen. Auf den Stufen muss ich aufpassen, der Marmor wird bei Regen spiegelglatt. Echter Carrara-Marmor, die Treppe ist vier Millionen wert. Ich steuere auf den Brunnen zu. Eine überdimensionale Wasserpistole. Mein Vater hat sie beim Starkünstler Jeff Koons in Auftrag gegeben.

Der Taxifahrer wirkt beunruhigt. Eigentlich sollten Kinder nachts zu Hause sein, anstatt durch die Gegend zu fahren. Nur neurogetunte Kinder, die sich fast wie Maschinen bewegen, sind nachts allein unterwegs.

Halfman-Halfbiscuit05 steigt aus. Er sieht noch blasser und müder aus als zuletzt. Und noch wirrer. Falls das überhaupt möglich ist. Ich zahle und warte, bis der Fahrer die Tür zumacht und den Motor startet. Erst dann sage ich Hallo.

Halfman-Halfbiscuit05 ist einer der drei Jungs, die ich fürs Spielen bezahlt habe. Genauer gesagt auch schon dafür, dass sie vor dem Game-Store übernachtet haben, bevor das Spiel rauskam. Und dann mussten die drei Jungs Tag und Nacht spielen. Immerhin habe ich sie gut bezahlt.

Erstaunlicherweise hat es lange gedauert. Viel länger, als ich gedacht habe.

Und das, obwohl alle drei es draufhaben. Sie machen nichts anderes, Spielen ist ihr Leben. Mit dem, was andere den ganz normalen Alltag nennen, haben sie nichts zu tun. Sie gehen auch nie raus. Darin sind sie mir sehr ähnlich. Sie haben auch keine normalen Namen. Ihre Gamer-Namen sind zu ihren echten geworden. Meine Freunde sind sie nur, weil ich sie bezahle.

Die langen Haare von Halfman-Halfbiscuit05 sind strähnig und fettig. Er hat einen übergroßen schwarzen Regenmantel an und erinnert mich mit diesem Look an eine Filmfigur. Ansonsten trägt er abgewetzte Armyhosen, Militarystiefel und ein Shirt mit dem Aufdruck BAZINGA! Er ist der Einzige, der es geschafft hat, bis Level 100 zu spielen.

Hätte ich wetten müssen, wer von den dreien es packt – ich hätte auf Halfman-Halfbiscuit05 getippt.

„Mann, Marie, das ist das krasseste Spiel, das ich je gespielt habe. Total krank. Erst beim sechsten Anlauf habe ich es geschafft. Ab Level 99 hatte ich echt keinen Plan, ich musste stundenlang …“

„Schon gut“, unterbreche ich ihn und versuche, möglichst locker zu klingen, „du hast es ja hingekriegt.“

Halfman-Halfbiscuit05 holt tief Luft. „Ja.“

„Und? Was ist passiert bei Level 100?“

Ich klinge immer noch locker, aber mein Herz setzt für einen Schlag aus.

„Schwer zu sagen. Ich glaube, es geht um eine richtig große Sache. Das hat gar nichts mehr mit dem eigentlichen Spiel zu tun, irgendwie …"

„Lass uns mal reingehen", sage ich.

Wir steigen die Stufen hoch, gehen durch die schwere Eisentür, die ursprünglich zu einer spanischen Kathedrale gehört hat, und steuern das Kaminzimmer an. Durch dessen riesige französische Fenster, die einander gegenüberliegen, könnte ein kleines Flugzeug rein- und wieder rausfliegen.

Aber wir haben für unsere Cessna natürlich eine Halle und eine normale Rollbahn, sechshundert Meter hinterm Haus. Und für Notfälle gibt es noch den Helikopterlandeplatz neben unserem Swimmingpool.

Halfman-Halfbiscuit05 bleibt stehen und starrt den zwei Meter hohen Kamin an.

„Ich muss mich für den übertriebenen Luxus entschuldigen", sage ich. „Mein Vater wollte unbedingt in einem Haus leben, das eine Mischung aus Hogwarts, Gotham und Kathedrale ist. Ignorier es einfach. Los, zeig her."

Halfman-Halfbiscuit05 klappt den neuen Laptop auf, den ich ihm fürs Spielen geliehen habe.

„Ich bin gespannt", sage ich und schaue ihm über die Schulter. Was zum Teufel steckt hinter Kepler62?

3.

„Aber eine Sache muss ich dir vorher noch sagen.“ Ich sehe ihm in die Augen und tippe mit dem Zeigefinger auf seine Brust. „Wenn du mir alles erzählt hast, muss ich dich leider erschießen lassen.“

Halfman-Halfbiscuit05 guckt geschockt.

Mein Humor ist wohl nicht der beste, oder ich bin nicht besonders gut im Witzemachen, jedenfalls nicht um halb vier in der Nacht. Vielleicht liegt es auch an unserem furchtbar großen Haus, in dem überall Licht brennt, obwohl ja praktisch niemand da ist. Ist natürlich merkwürdig. Dann die Waffen an den Wänden. Und die ausgestopften Tierköpfe, die uns von überall anstarren. Tiere aus aller Welt. Die Löwen aus Kenia sind in der Überzahl, die meisten davon hat mein Vater geschossen. Den Rest haben mein Großvater, mein Urgroßvater und mein Ururgroßvater auf dem Gewissen. Meine Familie hat immer aus ganzem Herzen getötet. Egal, um wen oder was es sich handelt.

Halfman-Halfbiscuit05 ist jetzt misstrauisch. Eigentlich kann doch eine Vierzehnjährige kein Taxi losschicken und einem Freak wie ihm, von dem sie nicht mal den echten Namen weiß, mehrere Tausend Euro zahlen. Und das noch mitten in der Nacht.

„Was ist nun mit der schweren Holztür aus Level 99?", frage ich aufmunternd.

„Hm. Eigentlich war das eine ziemliche Enttäuschung. Als ich's raushatte, war es plötzlich megaeinfach. Sag mal, hättest du vielleicht eine Cola oder so was?"

„Klar." Ich hole den Sensor aus meiner Tasche, drücke auf den Aktivierungspunkt und sage leise: „Zweimal Cola bitte, Magda. Und Eis in einer Extraschüssel."

Halfman-Halfbiscuit05 starrt mich aus großen Augen an. Großen, roten Augen. Er schluckt, dann fängt er an zu erzählen.

„Ich vermute, dass jede Ausgabe des Spiels anders endet. Bei mir war es so: Ich musste mit dem Dolch Primzahlen schreiben, also eher kratzen, in aufsteigender Reihenfolge. 2, 3, 5 und so weiter. Dann musste ich das kleine Fach am Griff des Dolchs aufmachen. Und nach fünf Sekunden: Tadaaa, Level 100, das Spiel ging endlich weiter! Aber dann ist da diese absurde Nachricht aufgetaucht. Echt krass …"

Als Magda reinkommt, verstummt er. Sie stellt das Tablett auf den Tisch, nickt uns freundlich zu und verschwindet wieder. Alles wie immer. Trotzdem habe ich an ihrem Gesichtsausdruck erkannt, dass sie sich über meinen nächtlichen Besuch wundert.

„Wow! Cola in der Flasche. Kriegt man ja kaum noch."

„Stimmt."

Halfman-Halfbiscuit05 macht sich ein Glas mit Eiswürfeln fertig. Er trinkt, als wäre es teuerster Champagner. Auch den hätte er haben können.

„Erzähl weiter." Allmählich dauert mir das alles etwas zu lang.

„Also. Die Nachricht lautet: *Marie! Warte. Wir nehmen Kontakt zu dir auf.*"

„Waaas?"

Halfman-Halfbiscuit05 dreht den Bildschirm zu mir hin. Tatsächlich, acht Worte in fetter Schrift.

MARIE! WARTE.
WIR NEHMEN KONTAKT
ZU DIR AUF.

„Ja, die Nachricht ist für dich. Keine Ahnung, woher die dich kennen."

Mein Herz setzt wieder einen Schlag aus.

„Das Spiel weiß also, wie ich heiße? Oder ist das sowieso klar, weil du dich mit meinem Namen registriert hast?"

„Hängt sicher miteinander zusammen. Aber es war schon komisch, dass die sogar *angerufen* haben."

„Echte Menschen haben dich auf dem Handy angerufen?! Auf dem, das ich dir gegeben habe?“

„Ja, und ich wollte denen sagen, dass das Handy *dir* gehört und wer du bist. Aber sie kannten dich längst.“

„Oh my god! Haben die auch gesagt, wer *die* sind?“

„Ja. Das war eine Frau, Olivia Colin. Die wusste auch längst, wer *ich* bin. Und dass ich dir alles weitererzähle, war ihr auch klar. So was von krass.“

„Unfassbar! Hat sie gesagt, ob sie irgendeine Organisation vertritt oder so was?“

„Ja. Sie gehört zu OTNSPCFRVR.“ Halfman-Halfbiscuit05 will das noch mal ganz langsam für mich durchbuchstabieren, doch ich winke ab. Ich kenne die Abkürzung.

„Wirklich OTNSPCFRVR?“, wiederhole ich wie ein hirnloser Papagei.

„Jep. Eigentlich hieß es ja zuletzt, dass es die doch nicht gibt und alles blanker Unsinn ist“, rattert er plötzlich los, „aber diese Organisation …“

„Bitte etwas langsamer. Ich bin kein Nerd wie du.“

„Okay.“ Er atmet tief durch. „Also, die gibt es anscheinend doch, und die haben vermutlich was mit der NASA-Raumfahrtbehörde zu tun. Jedenfalls war das bisher der Stand, bei Verschwörungstheoretikern und so. OTNSPCFRVR ist eine Abkürzung für *Out In Space Forever*“, erklärt Halfman-Halfbiscuit05. Er lutscht auf einem Eiswürfel herum und genießt meine Aufmerksamkeit.

„Bis zu diesem Telefongespräch hätte ich nie geglaubt, dass die existieren. Aber Olivia wirkte total echt. Und wieso sollte es die *nicht* geben, verdammt noch mal? Wenn das wirklich stimmt, hätten wir einen unglaublich spannenden Kontakt!"

„Was verfolgt die Organisation für Ziele?", frage ich.

„OTNSPCFRVR will junge Menschen, wahrscheinlich nur Kinder, ins Kepler62-Planetensystem schicken. Kepler62 ist ein Stern, der knapp so groß ist wie die Sonne. Zu diesem Stern gehören fünf Planeten, auf denen höchstwahrscheinlich erdähnliche Bedingungen herrschen. Das Kepler62-System liegt 1200 Lichtjahre entfernt. Kepler62e und Kepler62f haben mit großer Sicherheit Wasserquellen und bieten gute Lebensbedingungen. Wahrscheinlich gibt es dort sogar bereits Leben. Bislang dachte ich ja, dass Raumfahrten an solche Orte sowieso nur mit Erwachsenen stattfinden, genauer gesagt mit ausgebildeten Astronauten. Aber hier geht's wohl wirklich um Kinder. Die NASA macht ja schon die ganze Zeit Werbung für ihre Erkundungsfahrten auf Exoplaneten. Diese Ziele sollen nun bald für ganz normale Leute zugänglich sein. Also, für Erwachsene jedenfalls."

„Das habe ich mitgekriegt. Aber was hinter OTNSPCFRVR steht, wusste ich nicht. Raumfahrt für Kinder!“

„Ja – wenn es stimmt, was die Verschwörungstheoretiker sagen. Die können ja auch danebenliegen. Aber diese Olivia wirkte vertrauenswürdig.“

„Hier hast du ein bisschen Extrageld. Nimm's als Schweigegeld, okay? Wirklich kein Wort, zu niemandem.“

Ich gebe ihm, ohne mit der Wimper zu zucken, noch mal 10 000. Es lohnt sich, immer genug Bares dabeizuhaben.

„Dann dürfte das ja klar sein“, sage ich. „Und bitte auch keine verräterischen Selbstgespräche.“

WELCOME TO
KEPLER-62e

4.

Löwen erschießen ist nichts Besonderes und schon gar nicht aufregend. Eigentlich ist es nur ein alberner Mythos. Löwen haben praktisch keine natürlichen Feinde. Deshalb empfinden sie so gut wie nie Angst. Wenn sie satt gefressen sind, liegen sie faul herum und gucken einen müde an. Wieso sollte ein pappsatter Löwe sich die Mühe machen und einen Menschen angreifen? Er schlägt höchstens mit dem Schwanz. Von daher ist es echt leicht, ihn abzuknallen. Löwen zu jagen passt zu allen, die faul, gierig und gemein sind.

Und meine Familie *ist* faul, gierig und gemein. Denkt schamlos an ihren eigenen Vorteil. Hat weltweit Todesfabriken aufgebaut. Meine Familie profitiert vom Krieg. Sie produziert Waffen, mit denen man Panzer, U-Boote und Flugzeuge zerstört. Bomben, die Kindern Arme und Beine abreißen und ihre Eltern töten. Ja, ich gehöre zur Familie des Waffenfabrikanten Wilhelm Vallvik. Wir haben auch die KTA-Flugkörper entwickelt, von den man vermutlich schon mal gehört hat.

Ich weiß pervers viel über Waffen. Außerdem bringen Waffen Geld. Deshalb habe ich so viel. Endlos viel. Aber ich habe keine Familie, die mich liebt. Meine

Mutter ist gestorben. Ich glaube, weil sie unglücklich war. Der offizielle medizinische Grund lautet Herzversagen. Passt doch: Mein Vater war nie bei uns zu Hause, und er ist es bis heute nicht. Immer nur unterwegs. Ich glaube, er fiebert dem dritten Weltkrieg entgegen.

Jetzt bin ich also ganz allein. Und mein „Zuhause“ ist kein Haus, sondern eher ein Schloss. Außer mir wohnen hier noch Magda und Alfred, die auf mich aufpassen. Aber sie sind alt und müde, und ich kann machen, was ich will. Doch im Grunde ist sowieso alles völlig egal. Denn eigentlich ist es fast, als gäbe es mich nicht. Ich bin wie eine Spielfigur, eine verwöhnte Fake-Prinzessin, die nie einen Prinzen finden und nie ein Land regieren wird. Wenn es meine Mutter nicht gegeben hätte, wäre ich ein fieses Biest und würde davon träumen, Wasserstoffbomben zu bauen.

Ich setze mich mit dem Laptop aufs Sofa und recherchiere Kepler62. Ich finde jede Menge. Aber zu OTNSPCFRVR nur wenig. Kann das wirklich stimmen, dass Minderjährige ins Weltall dürfen?

Und dass eventuell sogar *ich* hinsoll?

In meinem Bauch rumort es. Das sind keine kleinen Schmetterlinge mehr, das sind große Möwen oder so. Irgendwas mit echter Spannweite. Sowas wie der F-35-Kampfjet. Neuste Technik, die dann doch ganz schnell veraltet.

Niemand würde mich vermissen. Ich könnte ein neues Leben anfangen. An einem Ort, wo Geld keine Rolle spielt. Wo die Menschen bei mir bleiben, ohne dass ich sie dafür bezahle.

Ich könnte von vorn anfangen und einfach ich selbst sein.

Ich würde es sofort machen: mein restliches Leben mit tollen Menschen in einer Welt ohne Geld leben. Sei Teil der Geschichte! Kann das wirklich stimmen? Mir platzt fast der Kopf.

Ich klappe meinen Laptop zu. Ich werde später weiterrecherchieren.

Jetzt schreibe ich eine Nachricht an Erik. Obwohl er mir nicht antworten wird.

Doch ich weiß, dass er wach ist. Ich schreibe, dass ich auf einen anderen Planeten fliegen werde, dass das kein Quatsch ist und ich mich verabschieden will und ihm alles Gute wünsche. Und dass ich mich freuen würde, wenn er antwortet.

An dem grünen Punkt sehe ich, dass er online ist. Aber er reagiert nicht.

Okay. Eines Tages wird er das noch bereuen. Aber dann ist es zu spät, dann kriegt er mich nicht mehr. Jetzt wäre er der einzige Mensch, der mich von der Reise abhalten könnte. Aber ich bin ihm nicht wichtig genug, und Erik kann man nun mal nicht mit Geld kaufen. Und weil ich seit dem Tod meiner Mutter nicht mehr zur Schule gehe, sehe ich ihn kaum noch. Auch auf der Privatschule, die ich anschließend ausprobiert habe, lief es nicht besonders gut für mich. Und es ist ja auch niemand zum Elternabend gegangen, um über die Schwierigkeiten zu reden. Mein Vater hat für solche Sachen keine Zeit. Er meinte, wir sollten es mit Privatunterricht versuchen, bei uns zu Hause. Gesagt, getan. Ich habe drei Privatlehrer. Zwei von ihnen sind inzwischen krankgeschrieben.

Der Unterricht ist dann irgendwann eingeschlafen. Und mein Vater ist ja sowieso nie zu Hause. Magda und Alfred sind die Einzigen, die sich um mich kümmern. Sie achten darauf, dass ich Zahnarzttermine einhalte und

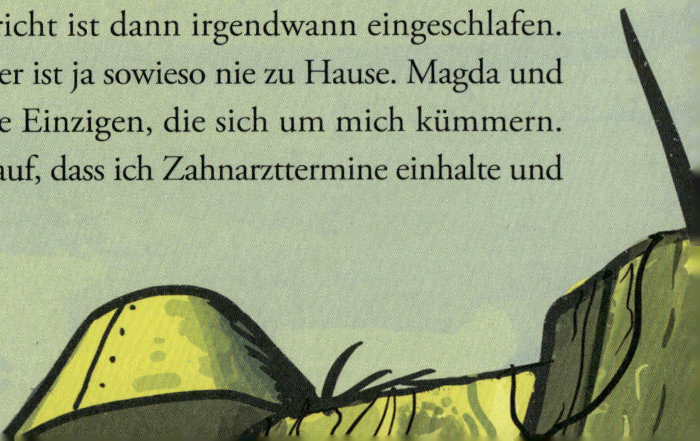

so was. Aber mehr auch nicht. Und weil sie schon ziemlich alt sind, kriegen sie sowieso nicht besonders viel mit.

Ich weiß, das hört sich jetzt hart an, aber ich fühle mich in Gesellschaft anderer Menschen unwohl. Es ist einfach anstrengend, ihre schiefen Blicke zu ertragen. Viele verhalten sich komisch, weil ich reich bin. In die Schule bin ich am Ende nur noch gegangen, weil es Erik gibt. Er ist nett und sieht gut aus und verhält sich normal und entspannt. Und er ist fast genauso schlau wie ich. Vielleicht sind wir sogar gleich schlau. Er ist einer der wenigen, die mir ehrlich gesagt haben, dass sie das Business meiner Familie scheiße finden. Und er war der Einzige, der nachgefragt hat, wofür KTA eigentlich steht. Die Antwort: Es ist die Abkürzung für irgendwas Technisches oder Chemisches. Doch mein Großvater war Amerikaner, und KTA ist leider auch unser Familienmotto geworden: Kill Them All – Töte sie alle. Wer will schon mit einer Familie zu tun haben, die das zum Motto hat? Nach dieser Information hat sich Erik von mir distanziert. Geld tötet alles. Wilhelm Vallviks Waffenfabrik AG hat zusammen mit amerikanischen Ingenieuren den Stealth-Kampfhubschrauber entwickelt, dem kein Radar was anhaben kann, den niemand zerstören kann. Mit dem Stealth kann man Atomwaffen abschießen. Der Pilot dieses Hubschraubers überlebt immer.

Was jedes Kind weiß: Wenn die Entwicklung auf der Erde so weitergeht wie in den letzten Jahren, kann man hier bald nicht mehr leben. Doch wenn ich ehrlich bin, gibt es hier sowieso kaum etwas, das mir wirklich wichtig wäre. Wenn ich ein normales Leben hätte, mit weniger Geld und einem kleineren, gemütlichen Zuhause, sähe das anders aus. Aber das habe ich nicht. Ich wohne in diesem Riesending, das total unpersönlich ist. Alles ist falsch. Alles.

Seit überall diese schönen Retroplakate von der NASA hängen, träume ich davon, abzuhauen. Auch wenn ich erst vierzehn bin. Und vielleicht sieht es auf den Kepler-Planeten in Wirklichkeit ganz anders aus, woher will die NASA das schon so genau wissen? Aber das ist mir egal. Ich will nicht den Rest meines Lebens mit Alfred und Magda in diesem Riesenhaus versauern.

Gerade als ich das denke, fängt es draußen an zu hageln. Kirschgroße Hagelkörner. Wie eine Antwort auf meine Gedanken. Die Körner klopfen ans Fenster und machen einen Riesenlärm. Beinahe überhöre ich das Klingeln. Erst denke ich, ich hätte es mir eingebildet, weil eigentlich nie jemand bei uns klingelt. Wer kommt schon unangemeldet bei uns vorbei?

Aber ich habe richtig gehört.

5.

Ich gehe zur Tür und mache auf. Ich starre in die Dunkelheit. Der Hagel bildet eine schimmernde Decke mit kleinen Verwehungen. Krank, dieses Wetter. Mitten im viel zu warmen Oktober. Die Erde geht ihrem Ende entgegen. Für Optimismus gibt es keinen Grund.

Niemand ist zu sehen.

Vor der Tür liegt ein roter Briefumschlag. Darauf ist ein Skorpion abgebildet. Ich versuche, ruhig zu bleiben. Aber mein Herz rattert wie ein Maschinengewehr.

Ich öffne den Umschlag.

Auf dem Briefbogen stehen ... Nummern. Nach drei Sekunden Draufstarren kapiere ich, dass es sich um die Koordinaten eines Ortes handeln muss: 37 degrees 14 minutes north latitude, 115 degrees 46 minutes west longitude. Und ein Passwort: Scorpion. Mit c.

Wo liegt dieser Ort? Ich könnte es nachgucken, aber ich warte lieber und genieße die Spannung.

Ich schaue dem Hagel beim Fallen zu. In meinem Bauch kribbelt es: Irgendwas wird passieren. Dieses Gefühl hatte ich schon ewig nicht mehr. Sonst habe ich immer alles unter Kontrolle, Überraschungen gibt es nicht. Endlich ist das anders.

Ich weiß nicht, warum, aber mich beunruhigt die Tatsache, dass Halfman-Halfbiscuit05 gesagt hat, die Spiele hätten wahrscheinlich alle einen anderen Weg zu Level 100. Er hat mir erzählt, dass er sogar bei einem südkoreanischen Jungen und einem kanadischen Mädchen angerufen hat. Leider haben die nicht viel verraten. Ob sie dieselben Koordinaten gekriegt haben wie ich? Wo ist dieser Ort? Befindet sich dort eine Art Schatz, eine Belohnung?

Ich könnte Alfred bitten, für mich nachzuschauen, wo der Ort liegt. Aber ich zögere. Wieso sollte ich mir die Überraschung verderben? Ich werde ja sowieso mitgenommen. Ich will nicht immer alles im Voraus wissen. Endlich mal keine Kontrolle haben.

Es ist zehn nach fünf. Schlafen lohnt sich nicht mehr.

6.

„Alfred, kannst du Jim und Jeff sagen, sie sollen das Flugzeug startklar machen, mich abholen und zum Terminal bringen?“

„Du willst jetzt fliegen?“, fragt Alfred. Er bleibt professionell, betont das Wort *jetzt* nicht.

„Ja.“

„Soll ich dir deinen Koffer packen?“

„Nein, ich brauche nichts.“

Alfred fragt nicht mehr als nötig. Auch dafür bezahlen wir unsere Angestellten. Für unser Privatleben. In der Außenwelt wird alles überwacht, die Regierung hat ihre Leute überall. Manchmal sind sie gut erkennbar in Uniform unterwegs, oft nur in Zivil. Doch unser Grundstück bleibt davon verschont. Ich schätze, weil die Überwachungskameras, Waffen und Uniformen, die die Regierung benutzt, von meinem Vater hergestellt werden. Wir haben also unsere Ruhe. Wir besitzen sogar ein großes Stück Wald, in dem wir Wildschweine jagen. Die sind extra aus der Toskana in unseren Wald transportiert worden.

Alfred ist in Ordnung. Er schaut mich melancholisch an. Ich habe diesen alten Typen immer gemocht. Außerdem hat er denselben Namen wie der Butler von Batman. Vielleicht hat mein Vater ihn sogar wegen seines Namens eingestellt, wer weiß. Mein Vater besitzt die weltgrößte Comicsammlung von Batman-Erstausgaben. Jedenfalls sagt er das. Und er lügt selten, wenn es um Dinge geht, für die er Geld ausgegeben hat.

Ich reise echt gern. Aber das ganze Drumherum kann ich nicht leiden. Das Schlangestehen, das Warten, das Taxifahren. Ich weiß, ich bin verwöhnt. Aber ein rund um die Uhr nutzbarer silberner Falcon-Privatjet ist einfach praktisch.

7.

Ich gebe den Piloten den Zettel, auf dem die Koordinaten stehen. Jim und Jeff können erst vor wenigen Minuten aus dem Schlaf gerissen worden sein. Trotzdem sehen sie unfassbar frisch und ausgeruht aus. Man könnte glatt neidisch werden.

Sie schauen auf den Zettel. Sie sehen sich an. Ihre sonst so professionelle Ausstrahlung verwandelt sich schlagartig in die von zwei kleinen, aufgeregten Jungs, denen man statt Spielzeugpistolen echte Revolver gegeben hat.

Jim und Jeff ersticken fast an ihren Fragen, die sie mir aber nicht offen stellen dürfen.

„Das ist ja… Marie, wir kennen keinen einzigen Kollegen, der dort gelandet wäre. Nicht mal überfliegen darf man das Gebiet“, sagt Jim.

„Was für ein Gebiet ist es denn?“

„Oh, das hat so einige Namen. Dreamland, Paradise Ranch, Home Base“, listet Jeff auf.

„Ja, aber der offizielle Name lautet Area 51“, sagt Jim.

Area 51. Ich kriege eine Gänsehaut.

„Was willst du da? Marie, das ist –“ Jeff unterbricht sich selbst. Die Piloten dürfen unsere Ziele nicht kommentieren oder hinterfragen. Warum wir zu einem bestimmten Zeitpunkt an einen bestimmten Ort wollen, geht sie nichts an.

Normalerweise fliege ich nach Paris oder London und hoffe, durch die Reise ein paar Freunde zu gewinnen. Leider funktioniert das nicht, trotz Geld. Außerdem muss ich immer die Eltern mitfliegen lassen, weil die ihren Kindern die Reise sonst nicht erlauben würden. Schwachsinn von vorn bis hinten.

„Entschuldigung, Marie“, sagt Jim, „aber wir müssen dich darüber informieren, dass wir auf dem gesamten Area 51 nicht landen dürfen, schon gar nicht auf dem offiziellen Flughafen Homey Airport KXTA. Ganz in der Nähe befindet sich der Stützpunkt Groom Lake, wo die Amerikaner neuste Technik entwickeln, Spezialflugzeuge, die normale Piloten wie wir niemals steuern werden. Das Gebiet ist streng von der Öffentlichkeit abgeschottet. Es ist vielleicht der am besten kontrollierte Ort der Welt, top secret.“

Jim und Jeff platzen fast vor Aufregung. Sie können kaum aufhören zu reden.

„Dort wurde auch der erste Stealth-Kampfhubschrauber getestet, den dein Vater ja als Sponsor mitfinanziert hat. Auch bei der Entwicklung des Blackhawk war dein Vater dabei. Der wurde ebenfalls auf Area 51 getestet“, sagt Jeff.

„Zu der Zeit ist er oft nach Las Vegas geflogen“,

redet Jim weiter, „genauer gesagt, auf einen geheimen Flughafen in der Nähe von Las Vegas. Von dort werden die Leute dann zum KXTA-Flughafen transferiert. Der liegt übrigens in der Wüste Nevada. Aber bis dorthin haben wir deinen Vater nie fliegen dürfen."

„Gerüchten zufolge liegt dort jede Menge Zeug aus dem Weltraum rum, UFOs und so was, sogar auf die Erde gefallene Außerirdische soll es geben. Die CIA und das Militär untersuchen das dort alles. Wenn man den Gerüchten glauben darf." Jeff verstummt.

Die beiden sehen mich fragend an. Sie platzen fast vor Neugier. Wieso will ich dorthin? Gute Frage. Wenn ich die Antwort nur selbst wüsste. Was könnte hinter dem Kepler62-Spiel stecken?

„Mein Vater fliegt ständig an alle möglichen Orte", sage ich. „Jetzt bin ich mal dran. Ich habe eine Verabredung mit einem sechsköpfigen Außerirdischen. Ein Date. Aber sagt meinem Vater bitte nichts davon, er würde den Typen bestimmt nicht akzeptieren."

Eine Sekunde lang sieht es aus, als würden sie mir glauben.

„Marie, woher hast du die Koordinaten auf dem Zettel? Bist du sicher, dass wir dort landen dürfen?"

„Ja. Ihr macht einfach alles wie sonst auch. Und wenn irgendwelche Fragen kommen: Das Passwort heißt Scorpion, mit c."

„Scorpion? Ist das nicht zu simpel für ein Passwort? Marie, die Angelegenheit ist wirklich kein Spaß. Die können uns auch abknallen. Amerikaner machen so was."

„Ich weiß", erwidere ich und hoffe, dabei so ruhig zu klingen, als würde ich sagen, dass die Sonne rund ist. In Wahrheit weiß ich gerade überhaupt nichts und bin genauso aufgeregt wie Jim und Jeff. Vielleicht schießen die uns wirklich ab. Aber ehe die das machen, verwarnen die uns doch bestimmt ein paarmal. Oder halten uns an.

Jim schaut fragend zu Jeff. Jeff schaut fragend zurück. Sie nicken. Wie gut, dass mein Vater mir erlaubt, überallhin zu fliegen. Damit will er ausgleichen, dass er sich nicht um mich kümmert. Jim und Jeff können im Grunde gar nicht Nein sagen.

„Na gut. In New York müssen wir zwischenlanden und tanken. Bis zum KXTA sind es dreizehn Stunden, das schaffen wir nicht ohne Stopp."

„Mir ist alles recht. Dann los, worauf warten wir? Ready for takeoff oder was auch immer ihr Piloten sagt. Ich werde erst mal ausgiebig schlafen. Weckt mich bitte erst, wenn wir da sind."

8.

Mein Vater hat ein Schlafabteil im Flugzeug einbauen lassen. Ich mache es mir auf dem Bett bequem und durchsuche das Internet nach Area 51. Auf YouTube gibt es richtig viel. Und das Netz im Flugzeug ist inzwischen sehr gut. Doch irgendwann werde ich müde.

Das Letzte, was ich höre: Jeffs Durchsage, dass wir

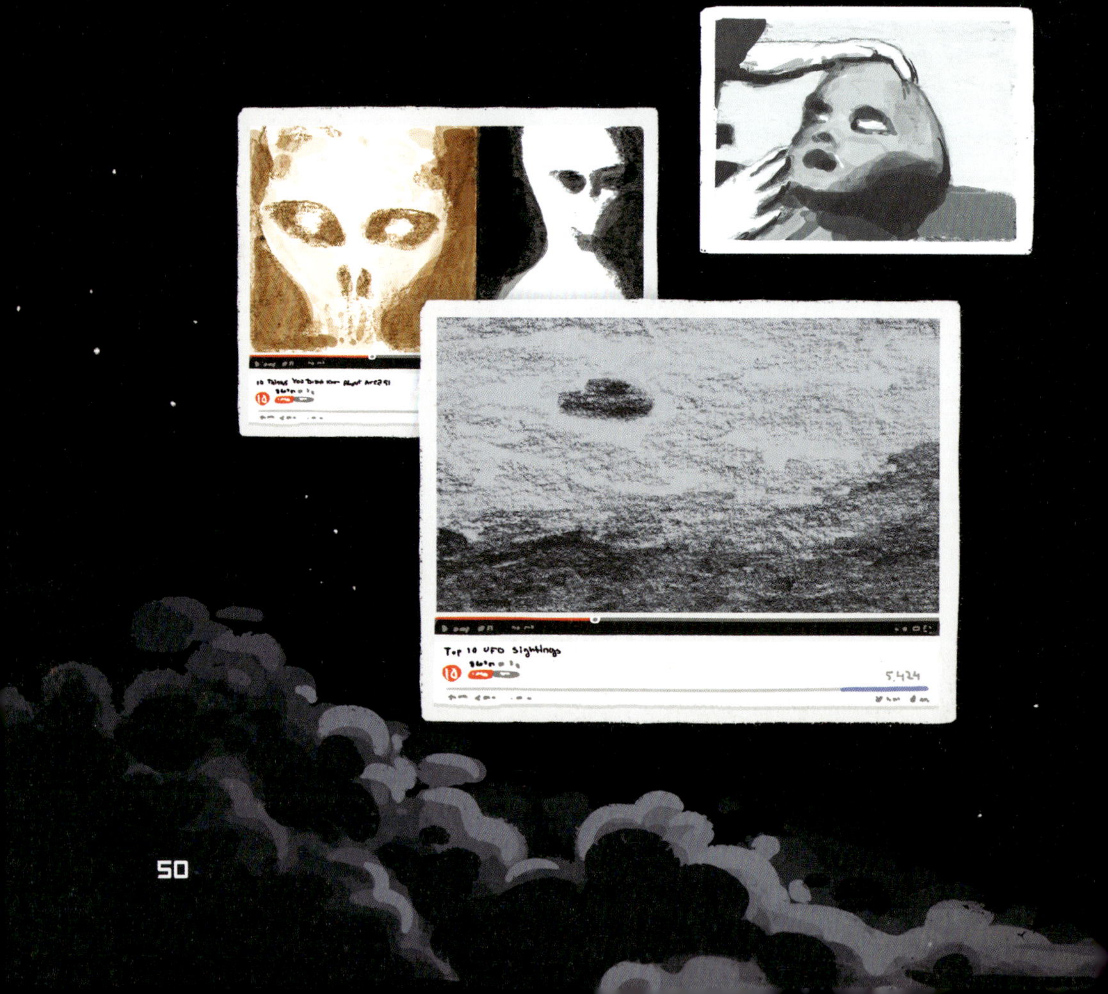

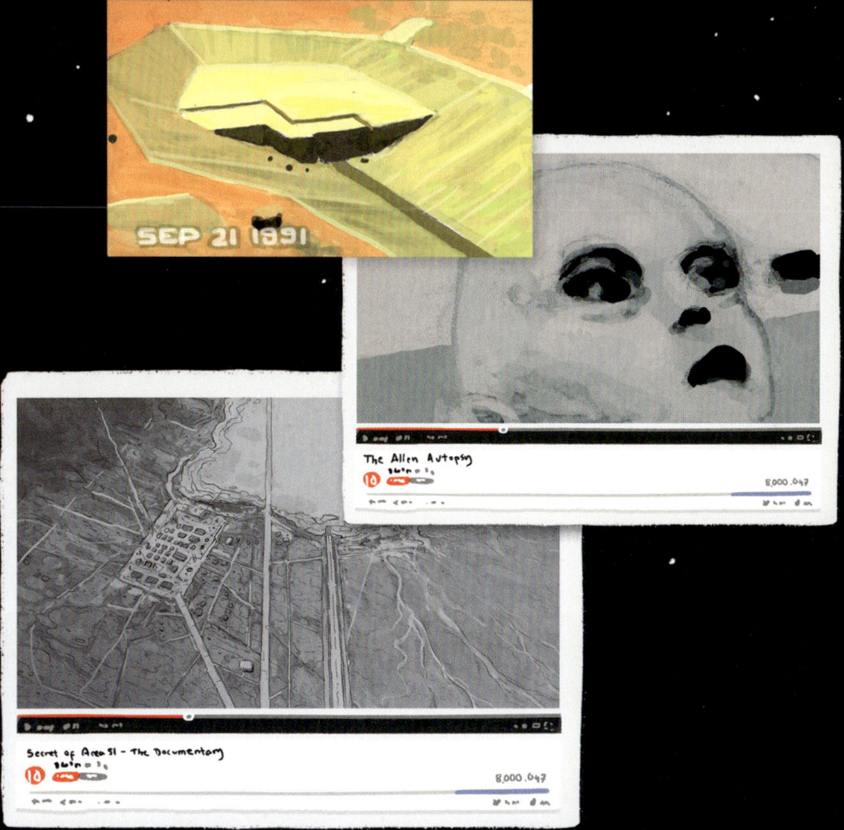

jetzt über die Färöer-Inseln fliegen. Als wir später in New York zwischenlanden, werde ich kurz wach. Ich nehme eine von den blauen Schlaftabletten, die in der Nachttischschublade meiner Mutter lagen. Ich habe sie immer dabei, sie wirken unglaublich schnell. Ich dämmere sofort weg.

Jemand rüttelt an meiner Schulter und weckt mich aus wirren Träumen. Es ist Jeff. Ich habe geträumt, ich wäre dieses Mädchen, das von King Kong gerettet wird – das Mädchen auf dem alten Filmplakat, das bei meinem Vater in der Comicbibliothek hängt.

„Wir wollten, dass du ausschläfst, Marie. Aber jetzt ist es Zeit zum Aufstehen. Wir sind tatsächlich reingekommen mit dem Passwort, die Kollegen im Tower haben uns sofort landen lassen. Wir sind da. Ich kann es kaum glauben, Area 51. Willst du was frühstücken, Marie?“

„Nein, ich möchte nur einen Kakao“, sage ich.

„Wir werden hier übrigens nicht lange stehen, das dürfen wir nicht. Auch tanken ist für uns nicht erlaubt. Wir sollen einfach warten, bis sie uns auffordern, wieder loszufliegen“, sagt Jeff.

Er sieht mich ernst an. „Du musst ihnen wichtig sein, Marie. Sonst hätten wir hier nie landen dürfen.“

Ich stehe auf, strecke mich und gähne. Ich habe in Klamotten geschlafen und bin noch etwas benommen.

„Diese Landebahn ist vermutlich die längste der Welt“, brummt Jeff vor sich hin. „Ziemlich übertrieben. Nicht mal ein Raumschiff braucht so viel Landeplatz.“

„Dürfen wir eigentlich aussteigen?“, frage ich.

„Nein. Wir sollen warten und uns für den Abflug bereithalten. Sobald sie dich abgeholt haben, müssen wir weg. Sie wollen in spätestens fünfzehn Minuten da sein."

Jetzt bin ich hellwach. Ich fühle mich ganz schön cool. Aber schon eine Minute später bröckelt das Gefühl, und Angst mischt sich dazu. Ich habe niemandem gesagt, wo ich bin, nicht mal Magda. Außer Jim und Jeff hat keiner eine Ahnung. Traurig ist das.

Mein Privatlehrer, der Einzige noch übrig gebliebene, wird mich schneller vermissen als mein Vater. Es müsste ein Gesetz geben, das Einzelkinder verbietet. Wenn jeder Geschwister hätte, gäbe es immer jemanden, dem man Bescheid sagen könnte, wohin man geht.

Ich folge Jeff ins Cockpit. Jim und Jeff haben ihren Kaffee kaum angerührt. Sie starren konzentriert nach draußen. Ich schlürfe meinen Kakao. Eigentlich gibt es draußen nicht viel zu sehen: ein paar Gebäude weiter hinten und eine unglaublich lange hellgraue Landebahn.

„Da drüben", sagt Jeff leise.

Ein Auto mit dem Schriftzug FBI taucht auf. Ein SUV mit verdunkelten Fenstern. Er rast auf uns zu und erinnert mich an Bilder von Jeeps in Afghanistan und Irak. Vollgas, als müsste man Kugeln ausweichen. Hier wäre das eigentlich nicht nötig.

Das Auto hält. Eine Frau steigt aus. Sie ist groß, schmal und wirkt trotzdem sehr sportlich. Ihr Look erinnert mich an Comics. Sie könnte eine neue Comic-Heldin sein.

Jeff öffnet die Tür. Ich steige die steile Treppe hinunter. Draußen ist es heiß. Wüstenhitze.

„Hallo“, sagt die Frau und gibt sich Mühe, zu lächeln. „Ich bin Olivia. Olivia Colin. Leutnantin bei der amerikanischen Luftwaffe. Willkommen auf Homey Airport.“

Sie nickt Jeff und Jim knapp zu. Die beiden starren sie mit offenem Mund an. Wahrscheinlich haben sie sich gleich beim ersten Anblick in sie verknallt. Dabei ist Olivia höchstens zwanzig. Ich beschließe, sie zu duzen.

„Sie können losfliegen“, sagt sie zu Jeff und Jim, „und zwar sofort.“ Sie versucht erst gar nicht mehr, freundlich zu gucken.

Jim und Jeff schauen jetzt zu mir. Sie lächeln wehmütig. Als ob sie denken: Marie sehen wir nie wieder.

Ich nicke ihnen zu. Dann lasse ich mich von Olivia Colin mitführen. Sie nimmt mich sanft, aber entschlossen an der Hand und geht mit mir zum Auto.

„Luftwaffe? Du bist also gar nicht von OTNSPCFRVR?“

„Die Abkürzung wurde extra für Nerds erfunden, für die Typen mit den Verschwörungstheorien. Allerdings ist dann doch was Wahres daran, aber nur ein bisschen. Dazu später.“

Ich höre das Heulen des Falcon-Jets. Das Flugzeug meines Vaters beschleunigt und hebt ab. Gleich wird es aus meinem Blickfeld verschwunden sein. Mein letzter Gedanke: Ich hätte Jim und Jeff ruhig mal nach ihren Nachnamen fragen sollen.

AREA 51
RESTRICTED AREA
NO TRESPASSING
BEYOND THIS
POINT
PHOTOGRAPHY IS
PROHIBITED

9.

Was ich erwartet habe vom geheimsten Ort der Welt? Keine Ahnung.

Olivia bringt mich zu einer kleinen, weißen Hütte, die etwas abseits der größeren Gebäude liegt. Die Einrichtung könnte aus den 1940er-Jahren sein. An der Wand hängt ein verstaubter Kalender; auf einem Stuhl sitzt ein alter Mann, der aussieht, als würde er auf irgendwas aufpassen. Einer, der schon seit 1947 auf diesem Stuhl sitzen könnte. In dem Jahr ist im Bundesstaat New Mexico nahe Roswell ein UFO gelandet, wie es heißt. Im Internet stand, dass die Aliens aus diesem UFO hierhergebracht worden sind, zu Untersuchungszwecken. Auch Jeff und Jim haben mir davon erzählt.

Ein paar Hundert Meter weiter stehen richtig große Gebäude, vielleicht Hallen für Flugzeuge. Aber vielleicht haben sie auch einen anderen Zweck, schwer zu sagen.

Der Mann nickt uns zu. Er hat eine *Smith & Wesson* in seinem Gürtelhalfter, einen 45-Kaliber-Revolver. Sehr retro, fast charmant. Trotzdem macht die Waffe richtig große Löcher. Ich habe selbst schon mit ihr geschossen.

Hinter dem alten Mann steht eine Kochplatte mit einer Kaffeekanne. Jetzt sehe ich, dass der Wandkalender wirklich von 1947 ist. Ein blondes Bikinimodel posiert mit vorgeschobener Schulter.

Alles hier ist retro. Nur nicht der moderne Fahrstuhl. Olivia Colin drückt auf den Knopf, und schon sausen wir abwärts in den Keller. Vollkommen geräuschlos.

Die Fahrt dauert etwa eine Minute, dann öffnet sich die Tür. Vor uns liegt ein großer, quadratischer Raum aus Stahlwänden. Von retro keine Spur mehr. Als wir im Raum stehen, zähle ich zwölf weitere Fahrstuhltüren. Einige sind unnatürlich groß.

„Du brauchst keine Angst zu haben“, sagt Olivia Colin. „Ich arbeite zwar als Leutnantin, aber ich bin auch Ärztin. Ich werde gut auf dich achtgeben. Du kannst Olivia zu mir sagen.“

Ich glaube, sie will sich betont menschlich zeigen. Das ist wichtig, wenn man einer Spielfigur ähnelt – oder einer Comicfigur. Sie strengt sich ganz schön an dabei. Mein Vater würde sie bestimmt toll finden.

Olivia führt mich zum Fahrstuhl mit der Nummer 4 über der Tür. Wir steigen ein. Wieder geht es etwa eine Minute lang abwärts, vollkommen lautlos. Wir sind jetzt tief unter der Erdoberfläche.

Als die Tür sich öffnet, betreten wir einen endlos langen Flur. Hier und da stehen Miniautos, so ähnliche wie auf Golfplätzen.

Olivia führt mich in ein Büro, in dem ein kleines Mädchen Darts wirft.

„Welcome, Ms Marie Vallvik", sagt das Mädchen, während es wie eine Maschine weiterwirft und jedes Mal die Mitte trifft.

Dann hört es plötzlich auf und drückt einen unauffälligen Schalter an der Wand. Mit einem grellen Aufleuchten wird die Wand zu einem gigantischen Bildschirm – auf dem verschwommen eine Person erscheint. Wie von einer Überwachungskamera aufgenommen.

Ich erkenne die Person: Das bin ich. Zu Hause in Norwegen. Nackt unter der Dusche.

10.

Jemand war in unserem Haus und hat eine winzige Kamera im Badezimmer versteckt. Wer? Und wie ist das möglich? Unser Haus ist eine Festung, nicht mal eine Fliege kommt unbemerkt rein.

„Ihr spioniert mich aus?"

Als ich Halfman-Halfbiscuit05 getroffen habe, war ich aufgeregt. Jetzt ist mir schwindelig, fast übel.

Auf dem Megabildschirm flimmern haufenweise Zahlen entlang.

„Mein Gewicht, meine Blutgruppe …", stammele ich, „meine ganzen persönlichen Daten. Ihr beobachtet mich in meinem eigenen Badezimmer! Auf dem Klo!"

„Richtig. Wir haben die allerneuste Technologie. Wilhelm Vallvik hat sie mit entwickelt. Wir kriegen von deinem Vater also nicht nur Waffen", sagt Olivia. „Aber mach dir keine Sorgen. Nur *wir* haben dich nackt gesehen."

„Trotzdem ekelhaft", protestiere ich.

Olivia zuckt mit den Schultern.

„Die Regierung ist dein Freund. Und ich bin übrigens ab sofort deine Ärztin. Du bist in einer ziemlich miesen Verfassung, aber wir werden dich schon hochtunen. Bist du bereit?"

Hochtunen. Ein Tuning etwa?

„Kann es sein, dass die Sache hier nicht ganz freiwillig abläuft?“, frage ich.

„Hat dich etwa jemand gezwungen, herzukommen? Selbstverständlich ist alles zu hundert Prozent freiwillig. Und wenn du nicht verdammt große Lust hättest auf ein Abenteuer, wärst du ja wohl kaum hier. Also, wie steht's? Du musst dich entscheiden. Ich weiß, dass Halfman-Halfbiscuit05 dich informiert hat. Wenn du willst, geht es sofort los. Dann wirst du noch heute in die Kepler62-Organisation aufgenommen.“

„Wie heißt Halfman-Halfbiscuit05 eigentlich wirklich?“

„Roy-Helge Ivesen. 77,3 Kilo, Schuhgröße 42, Blutgruppe B negativ. Wusstest du nicht, wie er heißt?“

„Ähm, nein.“ Meine Wangen brennen. Mist, ich werde rot.

„Wir machen jetzt einen Bluttest, Marie. Damit alles sicher ist. Und deine Fingerabdrücke brauchen wir auch. Wir müssen nachweisen, dass du wirklich *du* bist. Danach brauchst du nur noch zu unterschreiben. Damit bestätigst du, dass du bei Kepler62 mitmachen und Teil des Programms werden willst. Dein Vater hat seine Erlaubnis bereits gegeben. Wenn du dich entscheidest, dabei zu sein, bekommst du einen Chip in deinen Unterarm implantiert. Ohne den Chip dürftest du dich hier nicht aufhalten – wir würden dich sofort nach Hause schicken."

... Papa! Mir wird flau. Er hat mit all dem hier zu tun? War mein Flug von langer Hand geplant?

„Ihr müsst meine Fingerabdrücke doch längst haben", sage ich.

„Stimmt. Aber wir machen immer einen Extracheck. Zur Sicherheit."

„Muss ich mit meinem eigenen Blut unterschreiben? Wenn ihr sowieso einen Bluttest macht und mir in den Arm stecht?"

„Ganz wie du willst." Olivia lächelt müde. „Nötig ist es allerdings nicht. Und dass deine Blutgruppe AB ist, wissen wir ja sowieso beide. Aber wie gesagt: Always doublecheck."

„Was unterschreibe ich da genau? Dass mein Leben ab sofort euch gehört? Ich bin doch noch ein Kind!"

„Und zwar ein ganz besonderes Kind. Ich sehe da übrigens kein Problem: Du kannst auch Nein sagen. Aber du musst dich entscheiden, und zwar jetzt. Ohne dass ich dir zu nahe treten will: Ich bin sicher, du willst mitmachen. Du bist nicht grundlos hierhergeflogen."

Ich nicke und schüttele dann schnell den Kopf, fast beides gleichzeitig.

Dürfen Erwachsene so mit Kindern umgehen? So kühl und berechnend? Oder ist das einfach Olivias

Art? Und was ist mit meinem Vater? Will er mich auf diese Weise für immer loswerden?

„Wenn du Nein sagst, musst du sofort wieder gehen. Du hast jetzt keine Bedenkzeit mehr."

„Wenn ich Ja sage, kann ich dann auch später noch aussteigen?"

„Du willst es aber genau wissen. Ja, das wäre möglich", antwortet Olivia. „Wie ich schon gesagt habe, es läuft alles auf freiwilliger Basis. Wir sind uns aufgrund unserer Beobachtungen allerdings sicher, dass du bis zum Schluss mitmachen wirst. Du bist längst durchgetestet. Wir haben dich aus Hunderttausenden ausgewählt."

Cool. Ob das wirklich stimmt? Das wäre ja unglaublich. Ich zögere noch einen Moment, dann unterschreibe ich. Was soll's. Wenn ich will, kann ich das Programm ja später sabotieren. Es an die Wand fahren. Aber vielleicht ist das gar nicht nötig. Wenn die mich unter so vielen rausgepickt haben, bin ich denen wichtig; sie bilden mich ja extra aus. Das kostet Zeit und Geld. Die werden auf mich hören, wenn ich was Kritisches zu sagen habe. Und sie werden mir verzeihen, wenn ich mich schlecht benehme. Das weiß ich von meinem Vater: Man drückt ein Auge zu bei den Leuten, in die man investiert hat. Das gilt in Firmen, in der Armee und überall.

Das Mädchen an der Darts-Scheibe hat die ganze Zeit keinen Ton gesagt. Vielleicht ist sie eine Art Krankenschwester. Jedenfalls kommt sie jetzt mit einer Spritze, betäubt eine Stelle an meinem Handgelenk und setzt mir einen winzigen Chip ein. So einen hatte auch unsere Katze, fällt mir da ein. Wir haben sie trotzdem erst wiedergefunden, als sie schon tot war.

„Die Stelle kann zwei Tage lang wehtun", warnt mich Olivia. „So, und jetzt komm. Ich zeige dir den Kepler-Trakt."

Sie lächelt und überreicht mir eine Tragetasche. Darauf steht:

KEPLER62 – A NEW BEGINNING.

11.

Olivia ist nicht gerade der gesprächige Typ.

Aber das bin ich auch nicht. Insofern ist eigentlich alles okay.

Wir fahren noch einen Stock tiefer und gehen wieder lange Flure entlang. An jeder Durchgangstür müssen wir eine Schlüsselkarte an den Sensor halten und einen schnellen Fingerabdruck- und Augencheck machen – die Iris des Auges ist bei niemandem gleich. Ich finde das alles übertrieben, aber Area 51 scheint sowieso total verrückt zu sein.

„Ich bin ab sofort deine wichtigste Ansprechpartnerin“, informiert mich Olivia, „und jetzt werde ich dir den Chef des Kepler62-Projekts vorstellen, General Livingston. Er hat leider nur wenig Zeit, eure Begegnung wird kurz sein.“

Livingston? Ernsthaft, er heißt wirklich wie der schottische Forschungsreisende?

Olivia zeigt auf eine Tür und nickt mir zu. Ich öffne sie mit meinem Fingerabdruck. Ein letztes merkwürdiges Lächeln von Olivia, dann lässt sich mich allein.

Ich betrete ein ganz normales, gemütliches Zimmer. Kein einziger Gegenstand hier ist aus Stahl.

In einem Kamin brennt Feuer. Ich beginne mich zu entspannen. Ja, plötzlich fühle ich mich beinahe wohl.

„Komm rein und setz dich“, sagt eine freundliche Stimme.

Auf einem lila Sofa sitzt ein alter Mann. Er lächelt sanft. General Livingston wirkt sympathisch. Er trägt einen langen, schmalen Bart und erinnert ein bisschen an Yoda aus Star Wars, nur in größer natürlich. Wäre seine Haut grün, könnte er als Außerirdischer durchgehen. Ein Typ wie aus einer anderen Galaxie.

„Willkommen, meine liebe Marie. Ich habe mich sehr auf diesen Moment gefreut. Endlich darf ich dich näher kennenlernen. Bitte entschuldige die vielen Sicherheitsmaßnahmen. Area 51 wirkt dadurch nicht gerade einladend, aber anders geht es leider nicht. Über diese Gegend sind zahlreiche Geschichten im Umlauf. Einige sind schrecklich, andere positiv und voller Hoffnung. Ich bin sicher, deine Geschichte hier wird zu den guten gehören. Wir werden jedenfalls un-

ser Bestes geben. Möchtest du etwas trinken, Marie? Essen gibt es später, es dauert nicht mehr lange."

„Nein danke."

Er ist wirklich nett. Verdammt, mir kommen fast die Tränen. Ich bin unendlich müde und erschöpft.

„Du kannst mich fragen, was immer du willst, Marie. Dir schwirren bestimmt tausend Gedanken durch den Kopf."

Er hat recht. Und trotzdem fühlt sich mein Kopf an wie Watte. Ich weiß nicht, was ich fragen soll. Außerdem sieht er aus wie irgendein komischer Gott. Ein netter allerdings.

„Stimmt es, dass die Geschichte mit dem UFO anders lief? Dass hier 1947 kein UFO gelandet ist, sondern ein Pilotballon zur Wetterbeobachtung?"

„Gut recherchiert. Das ist richtig."

„Werde ich … auf einen anderen Planeten reisen?"

„Ja. Wenn du das möchtest."

„Gibt es dort Leben?"

„Das wissen wir in diesem Moment noch nicht genau."

Ich weiß nicht, was ich noch fragen soll.

„Wir haben leider nicht viel Zeit, Marie." General Livingston schaut auf seine Armbanduhr.

„Ich habe eine Nierenschwäche und muss in ein paar Minuten zur Dialyse. Aber bitte mach dir um mich keine Sorgen. Ich gehöre sowieso der Vergangenheit an. Du nicht. Und bald wirst du andere Kinder aus deiner Gruppe treffen. Ihr werdet euch kennenlernen und zusammen essen. Vegetarisch. Ab jetzt nur noch vegetarisch. Viel grünes Gemüse. Ich hoffe, das wird dir schmecken. Auch Insekten kannst du probieren, sie sind eine ausgezeichnete Proteinquelle. Hast du noch weitere Fragen, Marie? Nutz die Zeit, die wir jetzt noch haben."

Ich hätte tausend Fragen, und doch kann ich keinen klaren Gedanken fassen. Es ist einfach zu viel auf einmal. Um alles zu verdauen, könnte ich wochenlang schlafen. General Livingston sieht mich aufmerksam an.

„Oder bist du zu verwirrt, um weitere Fragen zu stellen? Kein Problem. Dann werde ich dir einfach ein bisschen was erzählen."

Livingston beginnt. Er erklärt mir, wie privilegiert die Kinder sind, die für das Kepler62-Projekt ausgewählt wurden. Also auch ich. Ich gehöre zu einer Art Elite. Das Projekt hat eine lange Planungsphase hinter sich, die bereits anfing, als die Menschen zum ersten Mal auf dem Mars waren. Livingston hat geduldig auf diesen Moment gewartet – den Tag, an dem das Projekt Realität wird. Fast sein ganzes Leben. Und er ist dankbar dafür, dass ich der Einladung gefolgt bin.

Dass ich dabei sein werde. Nach und nach haben auch andere Kinder das Computerspiel geknackt, aber ich war von vornherein eine Favoritin.

Das klingt alles ziemlich verwirrend und überwältigend. Wie die Überwachungskamera in mein Badezimmer gekommen ist, erzählt Livingston mir nicht.

„Du und die anderen Kinder, ihr seid meine Hoffnung. Ihr seid unsere Zukunft“, sagt Livingston. „Und zum Glück gibt es im Universum Orte, an denen es möglich sein dürfte, unser menschliches Leben fortzusetzen. Wahrscheinlich müssen die Bedingungen dort noch etwas angepasst und aufbereitet werden. Und die erste Gruppe, die das durchführen wird, seid ihr. Ihr werdet unsere neue Logistik und Technologie testen. Ihr seid Pioniere. Ihr betretet Neuland, werdet unbekannte Situationen durchspielen. Es wird eine großartige Erfahrung. Noch größer als die Mondlandung, und schon die war fantastisch. Und sie hat bestens funktioniert. Dabei hatte die NASA damals eine viel schlechtere technische Ausrüstung und weniger Wissen. Und auch seit der Marslandung hat sich noch etliches getan. Marie, du gehörst zu den ersten Menschen, die den Planeten eines anderen Sonnensystems betreten.“ Livingstons Augen wirken froh und traurig zugleich. „Ich beneide dich, Marie. Übrigens werden wir die Nachricht über das Projekt sehr bald veröffentlichen. Natürlich weltweit. Auch eure Namen werden der Öffentlichkeit bekannt gemacht. Dann weiß jeder, dass du eine Pionierin bist, eine Entdeckerin im Dienste einer besseren Zukunft. Du stehst für einen Neuanfang. Für die große neue Chance, die wir jetzt bekommen."

Neuanfang, Zukunft ... Das klingt alles wahnsinnig gut. Wahrscheinlich werde ich berühmter sein als mein Vater. Auch das gefällt mir.

Es klingelt. Die Tür geht auf, und Olivia Colin kommt herein.

„Tut mir leid, Marie, aber gleich beginnt meine Nierenbehandlung", sagt General Livingston bedauernd. Er steht auf und gibt mir die Hand. Seine Haut ist weich und warm. Eine sehr alte Hand, vertrauenerweckend.

„Komm, Marie", sagt Olivia. „Ich zeige dir jetzt dein Zimmer."

Livingston nickt mir ein letztes Mal freundlich zu.

Wir verlassen den gemütlichen Raum. Mein Unterarm juckt. Ich befühle die Stelle mit dem Chip. Er scheint tiefer zu liegen als gedacht. So leicht kriegt man ihn also nicht mehr raus.

12.

„Bitte zieh dir deinen Kepler-Anzug an. Er liegt in deiner Tasche“, sagt Olivia. „Wir haben noch keinen besseren Namen für das Kleidungsstück gefunden. Vielleicht fällt dir ja einer ein? Etwas Lustiges zum Beispiel. Jedenfalls wirst du den Anzug von nun an immer tragen. Er ist deine zweite Haut, er wird mit dir mitwachsen. In der Tasche sind auch noch Hygieneartikel und ein paar andere nützliche Sachen. Viel ist es nicht, du wirst ab sofort mit wenig auskommen müssen. Aber da gewöhnst du dich dran.“

Ich hole den Kepler-Anzug raus. Er fühlt sich an wie Seide. Weiche, feste Seide. So edel, dass ich Angst habe, ihn zu beschmutzen. Vielleicht schmilzt er ja, wenn ich ihn mit meinen heißen Fingern anfasse. Aber das ist natürlich Quatsch. Der Anzug muss aus hypermodernem Nanomaterial sein, jede Faser ist garantiert absolut reißfest. Dieser Stoff würde in einem Krieg keinen Schaden nehmen.

„Wir haben ihn bis zum Anschlag optimiert. Los, zieh ihn an. Und dann gehst du nach nebenan ins Wohnzimmer und lernst deine neuen Freunde kennen, zwei Jungs aus Finnland.“

Olivia dreht sich um und verschwindet. Hoffentlich wird sie auf der Erde bleiben – und ist später im Weltall nicht mit dabei.

Als ich mit dem neuen Anzug in der Hand in einem kleinen Badezimmer stehe, spüre ich zum ersten Mal ein leichtes Bereuen. Ich bin allein, ich fröstele und bin nackt (wenn man die Unterhose mal ignoriert). Meine Zeit als Tochter eines reichen Vaters in einer Riesenvilla ist für immer vorbei. Ich bin unterwegs zu etwas völlig Neuem. Aber im Moment fühle ich mich wie ein kleines Mädchen. Das ab sofort vegetarisch essen und in ein fremdes Sonnensystem reisen soll. Und immer nur den gleichen Anzug tragen wird. Ich bin die Zukunft. In diesem Moment klingt das für mich eher abschreckend.

Ich hänge mir schnell ein großes Handtuch um, denn wahrscheinlich werde ich auch in diesem Badezimmer beobachtet. Unter dem Handtuch ziehe ich mir den Anzug an. Der Stoff fühlt sich unglaublich gut an und ist sofort angenehm warm. Wahrscheinlich hat er eine automatische Temperaturregulierung. Ich schaue mich im Spiegel an. Ich sehe gut aus. Wie … ein Supergirl.

Allerdings ein sehr müdes Supergirl. Am liebsten würde ich mich in meinem neuen Zimmer aufs Bett werfen und nur noch schlafen. Ob ich im Raumfahrzeug genau so ein Zimmer haben werde?

Olivia klopft an und holt mich ab. Wir gehen ins Wohnzimmer, dessen Möbel schneeweiß und fest miteinander verbunden sind. Eine kleine, feste Möbellandschaft.

„Hallo ihr beiden, das ist Marie“, sagt Olivia zu den zwei Jungs, die an dem weißen Tisch sitzen und essen, „Marie, das sind Ari und sein kleiner Bruder Joni.“

Ari nickt mir kurz zu und isst weiter. Vielleicht ist er nicht in Gesprächslaune. Ich eigentlich auch nicht. Außerdem habe ich Angst, dass meine Gedanken total ungeordnet aus meinem Mund quellen. Aber wäre das so schlimm? Eigentlich rede ich viel zu selten mit anderen, behalte viel zu oft alles für mich. Im Grunde schon seit Jahren.

„Hallo“, sage ich.

Ari sieht sympathisch aus. Eine Mischung aus müde, entspannt und etwas melancholisch. Vielleicht wird er nie erfahren, wie mein voller Name lautet. Vielleicht kann ich endlich mal ein ganz normales Mädchen sein.

„Hallo“, erwidert Ari. „Komm, setz dich doch. Das Essen hier ist echt gut. Und ganz ohne Fleisch.“

Sein kleiner Bruder Joni schweigt. Er sieht etwas verängstigt und angeschlagen aus.

Olivia wirft uns einen aufmunternden Blick zu und lässt uns allein.

13.

Ich wache auf und wundere mich, wieso Magda nicht vor mir steht und meinen Kakao bereithält.

Eigentlich habe ich ziemlich lang geschlafen, weil wir früh ins Bett gegangen sind – aber leider nicht tief. Und komisch geträumt habe ich auch.

Ich schaue auf die Uhr. Es ist 06:15. Ich höre leise Orchestermusik mit Geigen, Vivaldi vermutlich. Wahrscheinlich bin ich davon wach geworden. Wie blöd. An der Wand gegenüber von meinem Bett erscheint jetzt ein virtueller Sonnenaufgang. Fast ein bisschen kitschig. Wahrscheinlich glauben die, dass ich so was gut finde. Leider haben sie nicht ganz unrecht.

Ich stehe auf, gehe ins Bad und ziehe mich an. Im Wohnzimmer sitzen Ari und Joni schon am gedeckten Esstisch. Ari scheint ganz schön Hunger zu haben. Und dass er nicht dumm rumquatscht, gefällt mir gut.

Als wir gegessen haben, kommt Olivia rein. Sie führt uns in ein großes Auditorium, in dem alles weiß und silbern ist. Silberner Stahl. Und kein einziges Fenster, wir sind ja tief unter der Erde. Nicht gerade kuschelig. Im grellen Schein der künstlichen Beleuchtung sitzen ungefähr zwölf Kinder und Jugendliche.

Alle tragen einen Kepler-Anzug. Die meisten sehen wacher aus, als ich mich gerade fühle.

Olivia hält einen Vortrag.

Sie erzählt, dass wir ab sofort ein Muskel- und Konditionstraining absolvieren müssen und wie wichtig das für uns ist. Denn im Weltall wird unsere Muskelmasse schrumpfen und unsere Knochendichte leiden. Außerdem könnten wir zeitweise unsere Sehfähigkeit einbüßen, weil der Augapfel auf den geringeren Außendruck reagiert. Sie erklärt uns, was Hyperschlaf ist und dass wir sehr lange in einer Art Röhre liegen werden und danach schnell wieder unsere Kondition aufbauen müssen. Ich kann Olivia zwar folgen, verstehe aber längst nicht alles. Ungewohnt ist auch, dass ich nicht mehr selbst über mich bestimmen darf. Und richtig gruselig finde ich, dass wir für die Dauer der langen Reise mit einem Medikament in ein künstliches Koma versetzt werden, sodass unser Stoffwechsel so wenig Nahrung braucht wie möglich. *Scary*. Aber wer weiß, vielleicht ist es auch angenehm, so lange zu schlafen.

Die anderen Kinder sitzen konzentriert da und hören zu. Einige schreiben mit. Habe die anderen etwa keine Angst? Nicht ein klitzekleines bisschen?

Nach dem Vortrag blickt Olivia ernst in die Runde und verlässt dann das Auditorium. Haben wir eine Pause? Nein, zu früh gefreut.

„Hallo allerseits!“ Ein Mann, der sich als Captain Willis vorstellt, betritt nun die Bühne.

Gar nicht übel, zur Abwechslung mal jemand anderem zuzuhören als immer nur Olivia. Allerdings sieht Captain Willis aus wie eine Ken-Puppe und hält anscheinend sehr gern lange Monologe.

Er erzählt, dass wir auf dem Planeten Kepler62 Wohnmodule und Bewässerungsanlangen aufbauen und Gärten anlegen werden. Und dass die ersten Stunden auf dem neuen Planeten entscheidend sind. Es ist sehr wahrscheinlich, dass zu wenig Sauerstoff in der Atmosphäre ist. Wir müssen sofort eine Art Hightech-Klimaanlage in die Wohnmodule einbauen, damit wir das Ganze auch wirklich überleben. Der Sauerstoff wird gewonnen, indem Wasser aufgespalten wird. Irgendwie so.

Ich bin jetzt ziemlich nervös und kann kaum noch zuhören. Aber es geht immer weiter. Captain Willis erklärt uns, wie das Raumschiff angetrieben wird. Es hat sogar eine Art Segel. Es wird uns in ein Sonnensystem bringen, das mehrere Hundert Lichtjahre entfernt liegt. Auch auf den Gartenbau geht er nochmal genauer ein. Ich wette, die anderen Kinder kapieren viel mehr als ich. Vom Bauen, Gärtnern oder vom Filterwechsel bei Recyclinganlagen habe ich keine Ahnung. Captain Willis' Vortrag rauscht an mir vorbei. Das Einzige, was ich noch mitkriege: Unser Urin wird in

Wasser umgewandelt. Wir müssen in spezielle Behälter pinkeln, damit wir im Notfall was zu trinken haben. Vorher wird das Ganze kurz gekocht, das Salz und das Ammoniak werden rausgefiltert. Ehe wir verdursten, trinken wir also umgewandelte Pisse. Na toll!

Ich kann eigentlich nur eine Sache richtig gut: Schießen. Schießen und Waffen bauen. Ich habe geschickte Hände und denke praktisch. Dafür hat mein Vater mich immer gelobt. Für andere Dinge nicht. Um wenigstens ab und zu gelobt zu werden, habe ich mich voll aufs Schießen konzentriert und nichts anderes mehr geübt. Na ja, ein bisschen Klavier kann ich spielen, aber davon hat man im Weltall wohl nicht viel.

Ich muss zugeben, dass mir nicht gerade nach Jubeln ist. Glücksgefühle sind was anderes. Und außerdem: Die Luft unter der Erde ist stickig, mein Zimmer ist klein, und die Atmosphäre ist steril. Das bin ich nicht gewohnt. Ich lebe sonst in hellen, großen Räumen mit frischer Luft. Wenn das Kepler-Projekt so weitergeht, dann ist das nichts für mich.

Die anderen schreiben weiter eifrig mit. Sie wirken aufgekratzt und neugierig. Schön, dass es wenigstens einigen gefällt. Vielleicht sind die auch einfach schlauer als ich. Oder anpassungsfähiger.

Am Ende seiner Rede teilt Captain Willis uns in Gruppen ein. Wir sollen unsere Sozialkompetenz trainieren. Wie ich so was hasse! Aber schon sitzen wir in Vierergruppen zusammen und müssen loslegen. Ich kenne niemanden außer Ari und Joni. Zum Glück bin ich mit ihnen in einer Gruppe. Es soll noch eine vierte Person dazustoßen, aber die ist noch nicht angekommen.

„Ihr werdet euer Leben ab sofort in diesen Gruppen verbringen. Seht also zu, dass ihr gut miteinander klarkommt. Denn ihr habt keinen Kontakt mehr zur Erde, zu euren Familien und früheren Freunden. Das ist für immer vorbei. Bitte passt also gut auf euch und eure Gruppe auf. Sonst könnt ihr ganz schnell einsam oder depressiv werden. Auch auf euren Schlaf müsst ihr achtgeben; im Weltall schlaft ihr vielleicht weniger gut. Ich möchte, dass ihr diese Dinge jetzt in eurer Gruppe besprecht und euch auch in Zukunft nicht voreinander zurückzieht."

Ich beginne ein Gespräch mit Ari und Joni, bei dem ich so tue, als wäre ich gerade ein bisschen eingeschüchtert, aber grundsätzlich positiv gestimmt. Was natürlich nicht die Wahrheit ist. Ich fühle mich schon jetzt einsam, fast depressiv. Und geschlafen habe ich auch schlecht.

Der Gedanke lässt sich nicht mehr verdrängen: Will ich hier wirklich mitmachen?

14.

„Marie. Du konzentrierst dich ab sofort nur noch aufs Schießen“, sagt Olivia in einer Pause zu mir. „Wir wissen, dass es das Einzige ist, was dir richtig Spaß macht.“

Sie führt mich in einen langen, schallgedämpften Raum mit Schießanlage. Im Regal liegen haufenweise Waffen, deren Namen und Marken ich nicht alle kenne. Dabei weiß ich eigentlich eine Menge über Waffen.

„Schau dich ruhig um. Das hier zum Beispiel ist eine Bonasera-Wettkampfpistole, geheimer Hersteller. Du darfst sie einschießen, ich lass dich dafür eine Weile allein. Und probier gern auch alle anderen Waffen aus!“

Wow. Mit einer Bonasera habe ich zwar schon geschossen, aber nicht mit dieser. Der geheime Hersteller dürfte wohl mein Vater sein. Die Wilhelm Vallvik Waffen-AG.

Ich bin begeistert. Ich schieße, seit ich klein bin. Zu Hause habe ich einen ganzen Schrank voller Pokale.

Und ich schieße echt gern. Meine Erfahrung ist: Waffen sind verlässlicher als Menschen. Sie sind perfekt designt und liegen gut in der Hand.

Man muss nur zielen und abdrücken. Und zwar ganz ruhig. Peng, schon fliegt die Kugel los. Immer. Egal, ob man gut gezielt hat oder schlecht. Ob man geübt ist oder nicht.
Doch wenn man genug Erfahrung hat, trifft die Kugel ins Schwarze. Immer.

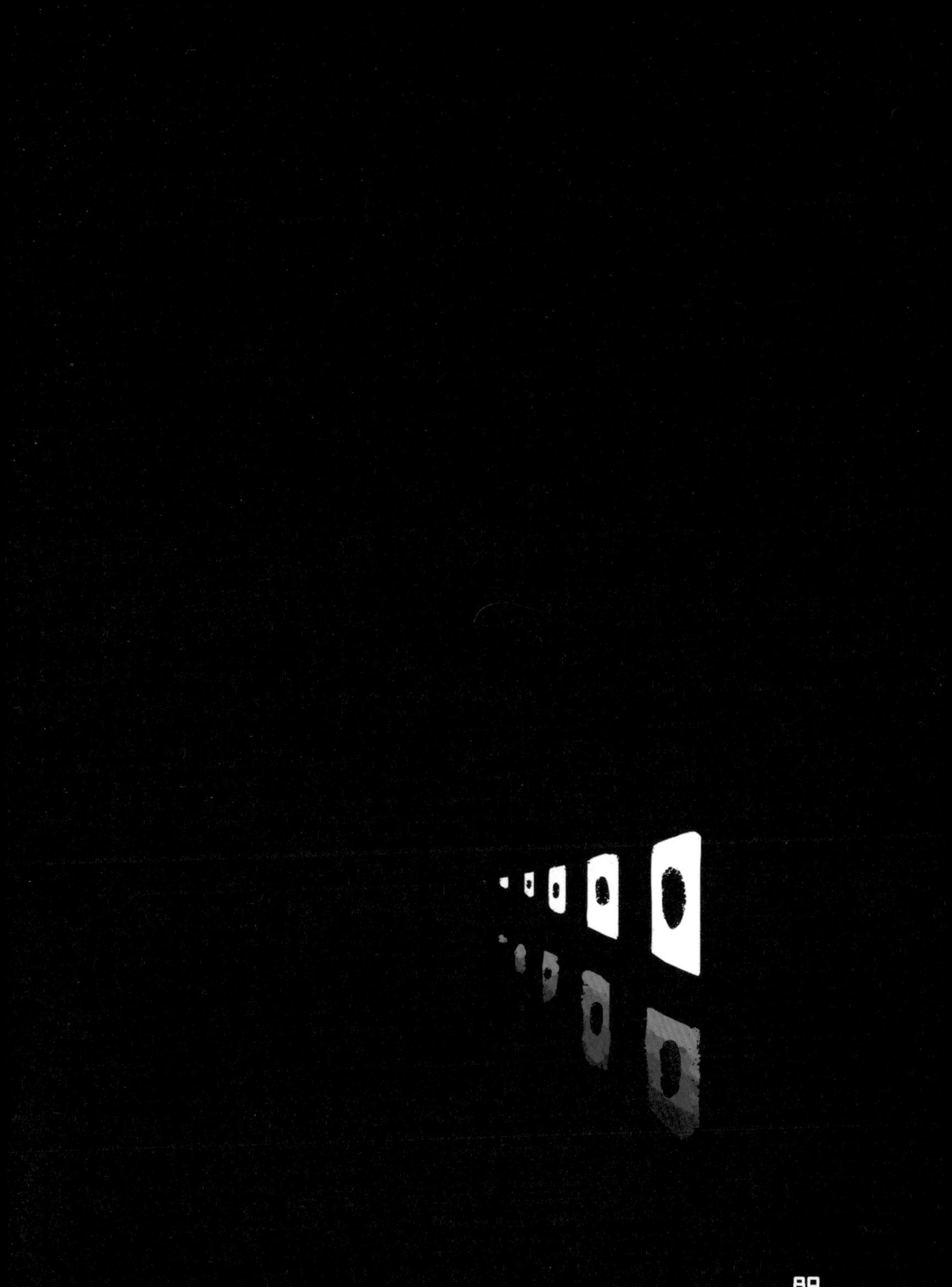

Bonasera
BAM!

1 2 3 4 5 6 7 8 9 9 8 7 6 5 4 3 2 1
1 2 3 4 5 6 7 8 9 9 8 7 6 5 4 3 2 1

Als ich die Waffe neu lade, leuchtet ein Gedanke in meinem Kopf auf: Was soll das hier eigentlich? Wieso müssen wir auf einem neuen Planeten gut schießen können? Okay, mag ja sein, dass wir Eroberer sind, Pioniere. Der Schlüssel zu einer besseren Zukunft und so weiter. Aber schießen? Gibt es da etwa Ureinwohner, die wir umbringen sollen? Aliens?

Ich schaue durch das Zielfernrohr. Die Waffe ist perfekt gebaut und wirkt eher wie eine Kampfwaffe, nicht wie ein harmloses Ding zum Sportschießen. Merkwürdig … Zugleich bin ich genervt von meinen misstrauischen Gedanken. Kann ich nicht mal eine Sekunde aufhören, mir den Kopf zu zerbrechen?

Ich tippe auf den Schalter der Anlage. Mir gegenüber erscheinen Tiere an der Zielwand: Bären, Elche, Rehe und Hasen, die in 50 Metern Entfernung von rechts nach links laufen. Sehr witzig, mit dieser Waffe darf man doch gar nicht jagen, wieso dann ausgerechnet Tiere als Zielscheibe? Denken die hier etwa, dass wir das aufregend finden? Lauter Fragen.

Ich lade das Magazin. 15 Chancen.

Ich schieße. Die Tiere werden immer kleiner und schneller. Trotzdem treffe ich jedes Mal. Meine Hand ist absolut ruhig.

BAM!
BAM!
B

AM!
BAM!
BAM!

Die Tiere sind eliminiert. Ich lade schon mal nach.

„Du bist gut. Richtig gefährlich“, sagt plötzlich jemand hinter mir.

Es ist Ari. „Aber könntest du die Tiere *wirklich* totschießen?“

Ich drücke erneut auf den Schalter der Anlage. Wieder laufen die Tiere vor uns entlang. Als der erste Elch erscheint, feuere ich alle 15 Patronen brutal in seinen Körper. Dann halte ich die Anlage an.

„Lies mal“, sage ich.

Ari geht mit unsicheren Schritten zu dem Elch.

„Die sechs Löcher ganz links … ergeben ein A! Dann sechs in der Mitte … ein R. Und die letzten drei senkrechten Schüsse bilden ein I. Du hast meinen Namen geschossen.“

Ich höre Bewunderung in seiner Stimme. Obwohl er versucht, neutral zu klingen.

„Gut erkannt“, erwidere ich.

„Aber wieso braucht das Kepler-Projekt so gute Schützen?“, überlegt Ari. „Sollen wir uns auf dem neuen Planeten etwa gegenseitig abknallen? Dann wären wir ja nicht mehr einsatzfähig. Was würde das dem tollen Zukunftsprojekt bringen?“

Ich schweige und warte ab. Er denkt nach.

„Alle hier haben irgendein besonderes Talent. Du kannst mit Waffen umgehen. Andere sind hyperintelligent oder extrem sportlich. Nur ich kann nichts Besonderes. Die Schule habe ich sogar gehasst. Und als großer Bruder bin ich sicher auch nicht der Beste.“

„Komm runter, Ari. Du bist garantiert nicht zufällig hier. Wir wurden alle nach strengen Kriterien ausgewählt. Wahrscheinlich hast du Stärken, die dir nicht bewusst sind. Du regst dich vielleicht nicht so schnell auf wie andere. Wahrscheinlich kommst du gut allein klar und bist sehr selbstständig. So wirkst du jedenfalls auf mich. Das sind wichtige Eigenschaften."

„Keine Ahnung. Wenn du meinst... Glaubst du, ich muss auch schießen lernen?"

Ich lege die Waffe zur Seite und schaue Ari an.

„Ich habe keine Ahnung. Ich weiß absolut nicht, was auf uns zukommt. Vielleicht ist alles auch nur eine riesige Show. Eine Blase, die bald platzt."

Das klingt nach den gleichen wichtigtuerischen Phrasen, die mein Vater immer benutzt. Ich komme mir blöd vor.

„Die sagen uns hier echt wenig", meint Ari. „Ich finde das komisch. Wäre doch viel logischer, die würden uns alles genau erklären. Und das Projekt vor den Augen der Öffentlichkeit richtig abfeiern! Das ist doch die NASA und kein geheimer Club. Wieso sind wir so tief unter der Erde? Für wie lange?"

„Gute Fragen. Ich weiß es auch nicht. Aber irgendwann werden sie bestimmt alles öffentlich machen. Es ist ja erst die Startphase. Uunsere Namen werden schon jetzt bekannt gegeben. Vielleicht sind wir morgen Promis."

Ari zuckt mit den Schultern. Scheint ihm egal zu sein.

„Eine Sache halten die hier anscheinend besonders streng geheim. Aber ich hab's trotzdem mitgekriegt. Indirekt, bei meinem Gespräch mit General Livingston." Ari flüstert jetzt.

„Was ist es?" flüstere ich zurück.

„Es gibt hier irgendwo ein … Wesen. Das sie untersuchen. Joni hat es sogar kurz gesehen, als er ganz unten im Keller ins Krankenzimmer gebracht wurde und eine Tür offen war. Die Wache stand direkt davor. Da drin war so eine Art Außerirdischer. Die Abteilung, in der sie ihn gefangen halten, heißt EXT."

„Ein Außerirdischer? Also doch?"

„Ja. Er ist noch tiefer unter der Erde als wir, und die Sache ist absolut geheim. Deshalb wird Area 51 so gründlich bewacht. Wer EXT betreten will, muss erst die Wache erschießen. Vielleicht kann uns Leutnantin Colin mehr über EXT erzählen."

„Olivia?"

„Ja, Joni hat sie dort unten gesehen. Sie hat nicht nur mit den Ärzten aus dem Krankenzimmer gesprochen, sondern auch mit der Wache."

„Soso." Ich klinge cool.

Aber an den Armen und Beinen bekomme ich eine Gänsehaut.

15.

Das Konditionstraining startet unglaublich früh am Morgen. Wir hören ein kurzes Referat über gesunde Ernährung und die Bedeutung von grünem Gemüse und durchlaufen einen Schnellkurs in Erster Hilfe, der mich innerlich grinsen lässt: Ari ist bei der Mund-zu-Mund-Beatmung total schüchtern. Genauer gesagt, kriegt er unsere Partnerübung gar nicht erst hin. Bekommt aber keiner mit. Dann geht das Sportprogramm los. Von jetzt an drei Stunden hartes Training, jeden Tag. Unsere Muskelkraft darf im Weltall nicht abnehmen. Schön und gut, aber so, wie die das aufziehen, erinnert mich das irgendwie an die Nazis. An das, was ich aus dem Geschichtsunterricht weiß. Ist das Ganze hier nicht sowieso ziemlich nazimäßig?

Nach dem Training können wir uns nur noch mit letzter Kraft in die Duschen schleppen. Nach einer kurzen Essenspause geht es mit den Referaten weiter. Immer neuer Input, immer von glatten Model-Typen, Ken-Puppen. Gemüseanbau im Weltall, Bautechnik, Grundwissen in Biologie, Chemie, Physik, Geologie und Geophysik. Außerdem müssen wir üben, unseren Kepler-Anzug blitzschnell an- und auszuziehen. Auch in Kochen und Haushaltsführung werden wir unterrichtet. Nicht alle hören dieselben Referate, jeder kriegt ein individuelles Kursprogramm, je nach Interessen und Stärken. Das sogenannte Basiswissen müssen jedoch alle draufhaben.

Nach ein paar Tagen gehe ich zu Olivia:

„Ich kann keinen einzigen Satz mehr übers Pisse-Abkochen hören."

„Gut, gar kein Problem. Geh einfach auf die Schießbahn", erwidert sie.

Wow. Das war wirklich kein Problem.

An der Tür zur Schießbahn gibt es einen Metalldetektor. Damit niemand Waffen rausschmuggeln kann, nicht mal Patronen. Gestern habe ich so getan, als hätte ich aus Versehen zwei in meiner Anzugtasche vergessen. Ich wollte den Detektor testen. Der Alarm ging sofort los, höllisch laut. In drei Sekunden waren zwei Wachmänner da, die mich festgehalten und durchgecheckt haben. Sogar das runde Herz, den Kettenanhänger von meiner Mutter, haben sie aufgeklappt. Aber außer dem Foto von ihr ist nichts drin, und ich durfte den Anhänger zum Glück behalten.

Neben der Schießbahn gibt es eine Waffenwerkstatt mit tollem Werkzeug und vielen Ersatzteilen. Auch die Tür der Waffenwerkstatt hat einen eingebauten Metalldetektor.

Ich gehe hinein, setze mich hin und fange an, eine

winzige Pistole zusammenzubauen. Aus Kunststoffteilen, die man normalerweise für die Kolben von Gewehren oder die Griffe von Revolvern verwendet. Ich habe so ein Ding schon mal zu Hause gebaut. Der Kunststoff muss extrem hart sein. Das ist er.

Ich komme gut voran, das Werkzeug ist perfekt. Die Waffe soll so klein und einfach wie möglich sein. Das Rohr ist fertig, jetzt noch der Spannschieber, der Abzug und der kleine Griff. Bis auf die Patronen ist alles aus Plastik. Wenn die Waffe ungeladen ist, hat der Metalldetektor keine Chance.

Man kann nur einen Schuss abfeuern, dann muss man sofort nachladen. Doch schon ein einziger Schuss kann töten. Ich bin stolz: Ich habe eine Art Mini-Derringer gebaut, und bereits die kleine Derringer gilt als Frauenwaffe. Das hier ist also eine Mikrowaffe. Ich bin nicht umsonst die Tochter eines Waffenherstellers.

Ich lege zwei Patronen in das Herz an meiner Kette. Dann verlasse ich die Werkstatt. Der Alarm geht los. Entschuldigend halte ich den Männern, denselben wie gestern, mein silbernes Herz entgegen und verspreche, die Kette hier nicht mehr zu tragen. Sie halten mich für vergesslich und winken mich durch. Die winzige Kunststoffwaffe in meiner Hand haben sie nicht gesehen.

Ich bekomme Angst. Angst vor mir selbst.

Was zum Teufel mache ich eigentlich?

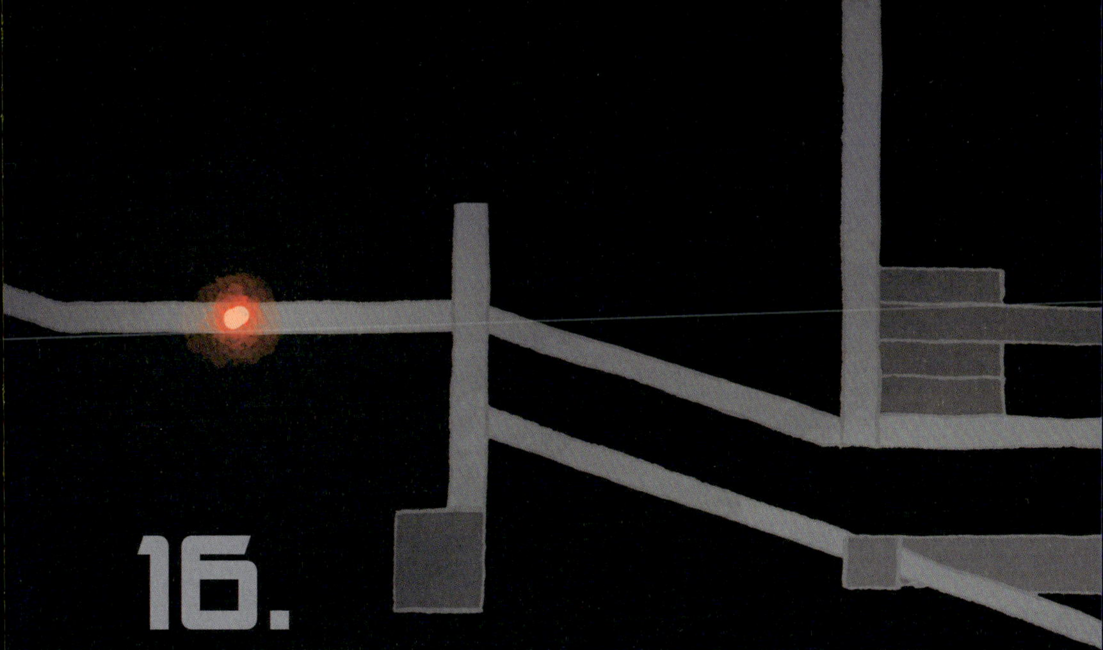

16.

Abends, als alle schlafen gegangen sind, verlasse ich mein Zimmer und schleiche den Flur entlang. Ich will tiefer in den Keller. Wahrscheinlich werde ich nicht weit kommen, dafür ist das Überwachungssystem zu gut. Aber versuchen muss ich es.

Mittlerweile fühle ich mich in diesem Kellerlabyrinth wie in einem großen Gefängnis. Einem, das so tut, als wäre es keins. „Die Regierung ist dein Freund", so funktioniert das wohl auch hier. Ari hat mir erzählt, wie es bei ihm zu Hause lief. Die Politiker und alle, die was zu sagen hatten, taten superfreundlich. Aber dahinter spürte man die Bedrohung. Genau wie bei mir zu Hause in Norwegen.

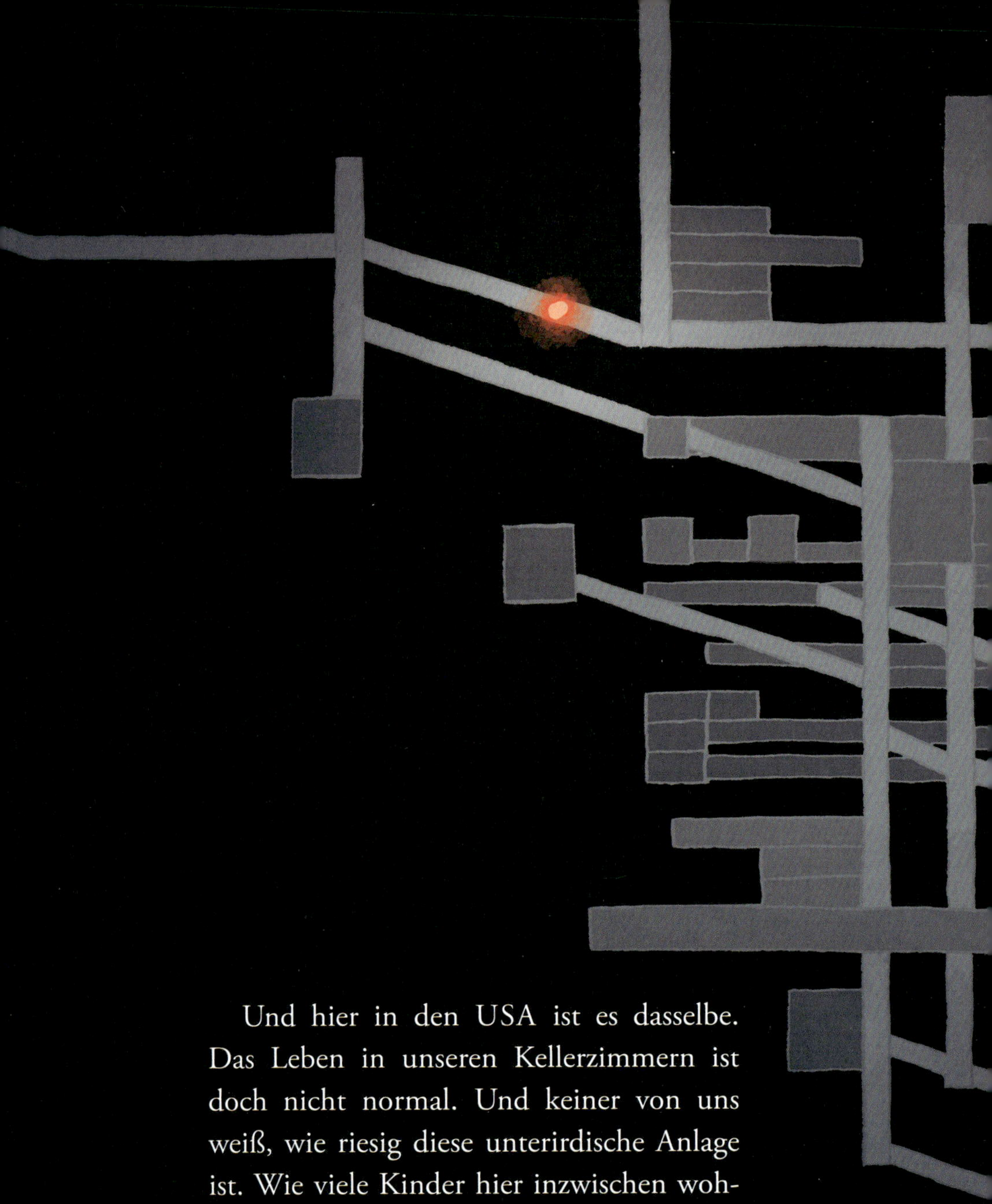

Und hier in den USA ist es dasselbe. Das Leben in unseren Kellerzimmern ist doch nicht normal. Und keiner von uns weiß, wie riesig diese unterirdische Anlage ist. Wie viele Kinder hier inzwischen wohnen. Das Ganze ist ein gruseliger Albtraum.

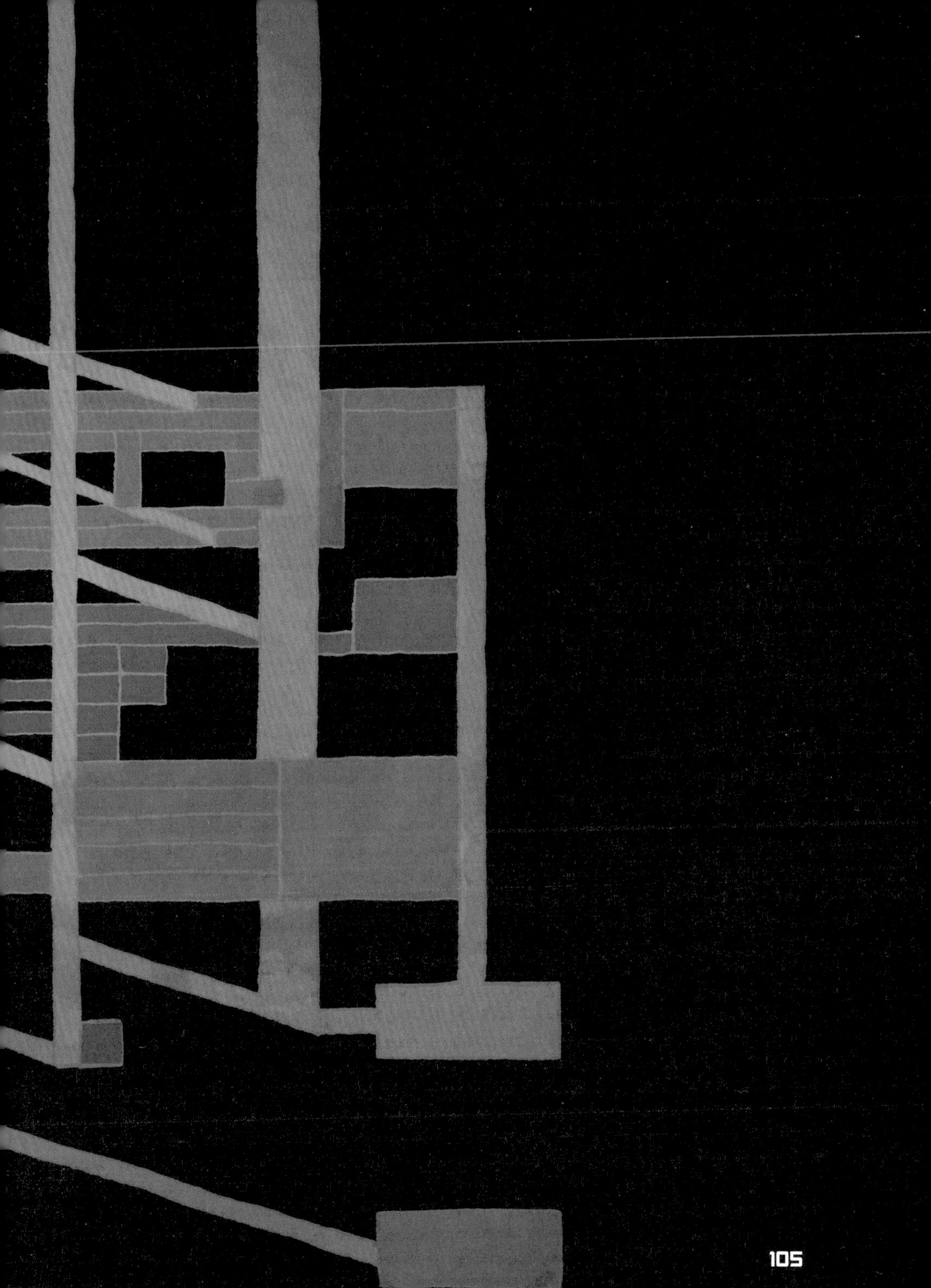

Als ich an einem Fahrstuhl vorbeikomme, sehe ich weiter hinten eine schmale Gestalt. Es ist Olivia Colin. Beobachtet sie mich etwa rund um die Uhr? Wenn ja – wann schläft sie?

Vielleicht ist sie eine künstliche Intelligenz, ein Roboter? Dann könnte sie tatsächlich täglich vierundzwanzig Stunden im Einsatz sein.

„Suchst du etwas, Marie? Hast du irgendwelche Fragen?“ Ihre Freundlichkeit klingt gekünstelt.

Ich ziele direkt ins Schwarze: „Ich möchte den Raum sehen, in dem er eingesperrt ist“, sage ich.

„Welcher Raum? Wovon redest du?“

Ich gehe einen Schritt auf sie zu und flüstere:

„Vom EXT-Raum.“

„EXT?“ Olivia weicht unwillkürlich einen Schritt zurück und sieht mich kühl an.

„Du hast garantiert zig Möglichkeiten, den Wachschutz zu rufen und einen Alarm auszulösen“, sage ich. „Und deshalb glaubst du, dass dir nichts passieren kann und du mir überlegen bist. Aber auch du hast nur ein Leben. Wenn das zu Ende ist, ist es zu spät. Olivia, ich habe eine Waffe.“

Habe ich das wirklich gesagt? Ich klinge wie in einem Film. Hat sich das nicht ziemlich pathetisch angehört?

Olivia strafft die Schultern.

„Willst du mir drohen, Marie?“

„Ein bisschen schon. Bring mich zum EXT-Raum.“

Olivia fängt an zu lachen.

„EXT? Was soll das sein?“, fragt sie belustigt.

Ich bin es gewohnt, dass Leute über mich lachen. Ist mir vollkommen egal.

„Ihr wollt uns auf einen Planeten schicken, der Hunderte Lichtjahre entfernt ist. Prima Sache, darauf wartet die Menschheit doch nur. Aber ihr macht einen Riesenwirbel und überwacht uns rund um die Uhr. Ihr haltet was geheim. Den Außerirdischen! Olivia, ich kehre doch sowieso nicht auf die Erde zurück, das sagt ihr doch selbst dauernd. Also kann ich auch niemandem was verraten.“

„Du tust ja ziemlich schlau, Marie. Was, bitte schön, soll EXT denn heißen? Extraterrestrial, außerirdisch? Denkst du, hier wohnt ein Alien, ein schrumpeliges Wesen, jemand wie die Kinofigur E.T. aus dem uralten Kinderfilm? Haha, glaub mir, das sind dumme Fantasien. Reine Fiktion. Figuren aus der Film- und Popkultur. Aliens sind nichts als eine alberne Erfindung. Aber auch Präsidenten haben uns schon nach Außerirdischen gefragt. Du bist mit deiner armseligen Theorie also nicht allein.“

Ich kneife die Augen leicht zusammen und sehe Olivia forschend an. Ich habe das Verhalten anderer

Leute immer genau beobachtet und hatte viel mit reichen Leuten zu tun. Ich bin ein guter Lügendetektor. Und jedes Mal, wenn Olivia in meiner Nähe ist, glimmt ein rotes Licht in mir auf. Schwach, aber für mich selbst deutlich wahrnehmbar.

„Richtig, ich bin mit meiner Theorie nicht allein. Und ich will dieses Wesen sehen. Den Außerirdischen."

„Aber es gibt ihn nicht!" Olivia blinzelt nicht einmal. Gute Lügnerin.

„Ihr wollt mich, ein Kind, für immer ins Weltall schicken, und ich soll schießen üben! Glaubst du etwa, ich weiß nicht, auf was ich da schießen soll? Wetten, da laufen Aliens rum? Und einen von denen haltet ihr hier eingesperrt! Los, bring mich zu ihm!"

Jetzt muss sie immerhin mal husten. „Ich würde ja gern", sagt sie mit rauer Stimme, „aber ich habe keine Erlaubnis für EXT."

Ich hole die Pistole raus. „Ich glaube, du verstehst noch nicht ganz. Ich meine es ernst, und ich habe absolut nichts zu verlieren. Aber du schon. Los, bring mich hin, sonst hast du gleich ein Loch im Kopf."

Sie starrt meine Waffe an und kapiert, dass sie echt ist. So schlau ist sie dann doch.

Als Nächstes liege ich gekrümmt am Boden. Olivia hat mir einen blitzschnellen Tritt in die Magengrube verpasst. Sie reißt mir die Waffe aus der Hand, holt die Patrone raus und zerstört den Spannschieber.

„Gut, ich bringe dich hin. Aber ohne die Waffe."

Ich hätte eine Menge zu sagen und zu fragen. Aber ich kann nicht. Aus meinem Mund dringt nur ein leises Wimmern. Ganz kurz. Dann reiße ich mich zusammen.

17.

Wir fahren zwei Stockwerke tiefer. Vor dem EXT-Raum sitzt ein freundlich aussehendes Mädchen, höchstens elf Jahre alt. Das soll die Wache sein, von der Ari gesprochen hat?

„Das Passwort?“, fragt das Mädchen.

Olivia wirkt nervös, vielleicht hat sie hier wirklich keinen Zutritt. Aber warum kann ein kleines Mädchen sie einschüchtern? Auch der Chip wurde mir von einem Kind eingesetzt – überall arbeiten Minderjährige. Davon hatte mir schon Halfman-Halfbiscuit05 erzählt. Angeblich machen die Erwachsenen in vielen Ländern ein sogenanntes Neurotuning mit den Kindern. Das sind heimliche Programme der Regierungen. Dabei manipulieren sie die Gehirnfunktionen von Kindern, sodass diese denken und arbeiten können wie Erwachsene. Aber ihre Körper sind blutjung, und sie arbeiten fast so effizient wie Maschinen. Die neurogetunten Kinder werden als Ärzte, Piloten und Wächter eingesetzt. Dennoch sehen sie aus wie Kinder, und irgendwie sind es ja auch. Manipulierte Kinder. Doch manipuliert werden wir alle. Von unseren Mitmenschen, von der Gesellschaft. Ich sehe dem Mädchen fest in die Augen.

„Das Passwort lautet Scorpion“, behaupte ich.

„Ungültig“, antwortet sie.

Olivia ist für einen kurzen Moment hilflos. War sie, als Joni sie gesehen hat, etwa heimlich im EXT-Bereich? Dann schiebt sie das Kinn vor und wühlt in ihrer Tasche. Sie holt einen Lolli hervor. Und nun passiert ein Wunder. Im Gehirn der jungen Wächterin muss es einen Tuningfehler geben, einen Programmierfehler. *Syntax error*. Das Ganze erinnert mich an die Computerabstürze der alten Kiste, die mein Vater früher besaß. Also: Das Mädchen verdreht die Augen, als würde sie einen Anfall kriegen, und sperrt den Mund auf. Ihre Zunge schlabbert sehnsüchtig herum, wie bei einem hungrigen Hund. Der Hunger auf Süßes wurde ganz eindeutig nicht wegprogrammiert.

Olivia bewegt den Lolli vor den Augen des Mädchens hin und her. Sie ist wie hypnotisiert. Speichelfäden laufen aus ihrem Mund. Olivia reicht ihr den Lolli, geht an ihr vorbei und drückt einen Schalter.

Die Tür geht auf. Wir betreten EXT. Das Letzte, was wir von draußen hören, ist das Reißen von Folie: Das Mädchen zerrt gierig den Lolli aus der Verpackung.

18.

Eins, zwei, drei Sekunden, dann geht die Tür hinter uns mit einem leisen Zischen zu. Wieder einen Schritt weiter.

Wir stehen in einem schwach beleuchteten Raum. Trotzdem kann ich Olivias blaue Augen sehen. Sie will cooler wirken, als sie ist.

„Du bist hier schon gewesen, stimmt's?", frage ich. „Und zwar ohne Erlaubnis."

„Ja." Sie nickt. „Welchen willst du sehen, Marie?"

Ich bekomme eine Gänsehaut. Es gibt sie also wirklich. Aliens. Und sogar gleich mehrere. Ich muss mich zwingen, ruhig zu bleiben.

„Wie viele habt ihr hier?" Mist, meine Stimme zittert.

„Im Moment nur zwei. Es waren mal mehr, wie viele genau, weiß ich nicht. Ich arbeite ja nicht hier. Aber ich weiß, dass sie schnell sterben. Unsere Atemluft ist nicht die richtige für sie, das Verhältnis von Sauerstoff und Stickstoff stimmt nicht. Sie halten nicht allzu lange durch. Außerdem haben wir leider noch nicht die richtige Nahrung für sie gefunden. Was hier bei uns wächst und hergestellt wird, scheint ihnen kaum Energie zu liefern."

Ich bin total beeindruckt. Doch ich verberge meine Überraschung. Und mein nächster Gedanke ist: Wenn die mein Badezimmer in Norwegen überwacht haben, dann überwachen die auch diesen Raum. Die wissen garantiert, dass Olivia und ich hier sind. Bestimmt schellt gerade irgendwo ein Alarm, und gleich sind zwei große, starke Wachen bei uns. Doch komischerweise ist mir das ziemlich egal. Das Einzige, was jetzt zählt: Ich werde einen Alien sehen.

Meine Augen haben sich an das Schummerlicht gewöhnt. Ich erkenne einen hohen, säulenförmigen Käfig aus dickem Glas. Hinter der Scheibe bewegt sich etwas. Oh mein Gott! Jetzt sehe ich ihn. Ist das ein Tier oder ein Mensch? Er sieht aus wie ein riesiges Insekt – mit einem schmalen, blassen Gesicht und grünen Augen. An seinen Schultern hängen zarte Flügel herab.

Der Alien sieht aus wie eine neue Art Engel. Er ist vielleicht dreißig Zentimeter groß und wirkt extrem zerbrechlich.

Mein Herz rast.

Tief atmen, Marie. Ganz langsam ein und aus.

Kann er mich sehen? Was denkt er über mich?

„Darf ich vorstellen: Flapman", unterbricht Olivia meine Gedanken. „Der Ungefährlichere von beiden."

„Ungefährlicher? Was kann er uns denn tun?"

„Unberechenbar ist vielleicht das bessere Wort. Er kann sich unsichtbar machen. Vielleicht verschwindet er auch woandershin. Aber wir wissen nicht, wo er dann ist. Ich würde dir raten, nicht zu dicht an ihn heranzugehen."

„Aber er ist doch hinter einer dicken Glasscheibe."

„Trotzdem, man weiß nie. Bleib lieber hier stehen und beobachte ihn mit genügend Abstand."

Ich würde liebend gerne mehr erfahren, und Olivia hat dieses Wesen immerhin schon öfter gesehen. Aber mehr verrät sie mir nicht.

Ich starre auf den kleinen Insektenmenschen.

Und dann ist er plötzlich … weg.

Wo er gesessen hat, glimmt nur noch ein schwaches, gelbes Licht.

„Er kann sich wirklich unsichtbar machen", staune ich.

„Ja. Das ist das Unberechenbare", erwidert Olivia.

Ob General Livingston davon weiß? Bestimmt. Wieso hat er mir nichts davon erzählt?

„Wisst ihr, wie das funktioniert? Habt ihr den Vorgang wissenschaftlich untersucht?", frage ich.

„Wir wissen leider noch nichts Genaues. Offenbar kann er seine molekulare Zusammensetzung ändern. Aber ich bin Medizinerin, keine Physikerin. Und zu den Kollegen dieser Abteilung habe ich nur wenig Kontakt. Das Einzige, was ich weiß: Sobald sie den Vorgang untersuchen wollen, sitzt er einfach nur da und bleibt sichtbar. Er macht nicht mit. Und wir können ja leider nicht mit ihm kommunizieren. Er kennt unser Sprachsystem nicht. Und wir nicht seins, falls er eins hat."

„Wahrscheinlich ist er an einer Zusammenarbeit nicht interessiert", sage ich.

„Sieht so aus, ja."

„Das gefällt mir." Ich muss lächeln. „Und was ist mit dem anderen?"

„Wir nennen ihn den Flüsterer." Olivia senkt die Stimme. Mein Magen blubbert nervös.

„Er ist wirklich gefährlich. Und niemand weiß, was er als Nächstes tut. In diesem Punkt seid ihr euch ziemlich ähnlich", sagt Olivia leise.

19.

Sie führt mich in einen weiteren Raum, in dem ein zweiter runder Glaskäfig steht. Etwas größer und mit noch dickeren Wänden. Aus dem Käfig schimmert uns grünes Licht entgegen. Dutzende Kabel und Drähte führen durch passgenaue Löcher ins Innere. Hinter dem grünlichen Dunst kann ich eine schlanke Gestalt erkennen. Das ist er. Plötzlich überkommt mich tiefe Trauer. So tief, wie ich sie nie zuvor gefühlt habe. Und doch kommt sie mir vertraut vor.

Olivia Colin zeigt auf eine Reihe weißer Helme, die neben uns an der Wand hängen. Sie sehen aus wie übertrieben große Schutzhelme.

„Setz bitte einen auf", sagt sie und schnappt sich selber einen. „Sonst kann er deine Gedanken lesen. Er klaut sie dir, und dann sind sie weg."

„Nicht im Ernst!"

„Marie, hör auf, so zu reden. *Alles* hier ist ernst. Wir wissen nicht, wie er es macht, aber meine Kollegen konnten feststellen, dass es wirklich passiert."

„Er hat also Superkräfte?"

Olivia atmet einmal tief ein und aus, ehe sie antwortet.

„Ja, das hat er. Und mit dieser Information musst du

jetzt klarkommen. Du wolltest ja unbedingt hierher. Du hättest mich vielleicht sogar erschossen."

Ich schlucke. „Er hat so was wie telepathische Fähigkeiten und kann in uns reinschauen?"

„Richtig. Die Wissenschaftler, die ihn zuerst untersucht haben – ohne Spezialhelm –, sind alle verrückt geworden. Der Außerirdische hat ihre Gedanken aufgelöst und ihnen andere Gedanken eingeflüstert. Irgendwann hatten sie sogar Halluzinationen und Panikattacken. Und schließlich sind vier Kollegen zu Tode gekommen."

„Wie denn?", frage ich mit schwacher Stimme.

„Gute Frage. Erst schienen die wissenschaftlichen Untersuchungen noch einigermaßen zu laufen. Aber dann sind vier Wissenschaftler kurz nacheinander bei Verkehrsunfällen gestorben. Nach außen wirkte das wie Pech, keiner der Kollegen schien Schuld an seinem tödlichen Unfall zu haben. Aber wir haben berechtigte Zweifel. Wir gehen davon aus, dass der Alien sie manipuliert hat. Hypnotisiert, vielleicht sogar programmiert. Doch wie er das tut, ist uns noch unbekannt."

„Ihr geht davon aus, dass er schuld daran ist, könnt aber nichts beweisen? Was *wisst* ihr eigentlich?"

„Nun mal langsam, Marie. Das sind komplizierte Untersuchungen. Wir sind hier im besten Forschungszentrum der Welt, Area 51 aufzubauen hat Milliarden gekostet. Alle, die hier arbeiten, wurden psychisch und physisch komplett durchgecheckt. Es sind Spitzenleute. Trotzdem ist es passiert. Deshalb dürfen hier auch keine Personen mit wichtigen Ämtern rein."

„Weil ..."

„Weil wir verhindern müssen, dass der Alien sie verrückte Dinge tun lässt. Wie zum Beispiel einen Atomkrieg zu starten."

„Aha. Wir werden wahrscheinlich ziemlich gut bewacht hier unten, oder?"

„Etwa dreißig Leute beobachten uns die ganze Zeit, Marie."

„Warum kommen sie nicht rein und überwältigen uns?"

„Weil das die Aliens stressen würde. Ihr Leben ist sehr fragil. Und vielleicht ist es sogar erwünscht, dass du hier bist, Marie. Sie wollen sehen, wie mutig, erfinderisch und kreativ du bist. Du hast es geschafft, du bist tatsächlich hier reingekommen. Und nun ist die Frage: Willst du näher gehen? Entscheide dich."

„Klar will ich das", antworte ich. „Aber was ist mit dir? Bist du hier weniger willkommen als ich?"

„Das ist nicht dein Problem, Marie. Bitte setz jetzt den Helm auf. Und denk dran: Er liest deine Gedanken. Ohne Helm könnte er sie sogar manipulieren. Wir nennen ihn nicht umsonst den Flüsterer."

20.

Der Helm sieht aus wie ein überdimensionaler Motorradhelm. Wie, bitte schön, soll dieses Ding den Alien davon abhalten, sich in meine Gedanken einzumischen, wenn er diese Fähigkeit nun mal besitzt? Hat die NASA etwa Anti-Telepathie-Schaumstoff erfunden? Oder Blei in den Helm eingebaut, das nicht nur Röntgenstrahlen, sondern auch Gedankenräuber abblockt?

Ich gehe durch die Glastür, die mich von dem runden Käfig des Flüsterers trennt. Mein Gefühl sagt mir: Er will, dass ich zu ihm komme. Ich fühle mich sogar eingeladen.

Der Alien dreht sich halb zu mir um. Ich bin sicher, er sieht mich. Er ist hässlich und wunderschön zugleich. Wie ein faszinierendes Reptil. Ich finde nicht, dass er gefährlich wirkt. Eher verdammt traurig.

Auf jeden Fall nachdenklich und betrübt. Seine Farbe wechselt sanft hin und her, der Grundton ist grünlich.

Ich habe keine Ahnung, woher der Impuls kommt: Ich hebe meine Hände in die Luft und spiele Klavier. Johann Sebastian Bach.

Unfassbar: Der Alien macht es mir nach. Seine Finger bewegen sich synchron zu meinen. Er kann meine Gedanken wirklich lesen. Er weiß in jeder Millisekunde, welche Bewegung ich als Nächstes mache. Aber seltsamerweise habe ich überhaupt keine Angst. Im Gegenteil, ich spüre eine starke Verbindung. Als hätten der Flüsterer und ich ein Geheimnis. Ich fange an zu tanzen. Er macht sofort mit. Seine Bewegungen sind anders als meine, weil sein Körper anders ist, aber er ist leicht und wendig. Irgendwann bewegt er sich so schnell, dass ich nur noch ein grünes Flimmern sehe. So ein Wesen soll lebensgefährlich sein? Irgendwann beende ich den Tanz und bleibe atemlos vor ihm stehen. Dann verbeuge ich mich vor ihm. Er bleibt ebenfalls stehen, und seine Verbeugung reicht sogar bis zum Boden. An seinem Kopf wackeln antennenartige Fühler.

In mir regt sich … Freude. Echte Freude.

Eine Träne rollt über meine Wange.

Es gibt ein anderes Leben. Wir sind nicht allein im Universum. Da sind Wesen, die so fühlen wie wir. Und ich bin mir sicher: Das Wesen vor mir fühlt sich einsam.

Ganz, ganz langsam setze ich den Helm ab.

21.

Es dauert keine Sekunde, schon höre ich ein Raunen. Ein Flüstern, eine Stimme. Der Alien schaltet sich in mein Gehirn. Obwohl mir seine Laute fremd sind und er eine andere Art von Sprache benutzt, weiß ich genau, was er sagt:

Sie liegt hinter den Sternen und unter den Bergen,
sie füllt die leeren Löcher.
Sie geht vor dir her und folgt dir auch nach,
löscht Lachen und auch Leben.

Ein Rätsel. Für mich. Wie wohl die Lösung lautet?

Olivia setzt hektisch ihren Helm auf, kommt durch die Glastür und rennt auf mich zu.

„Bist du jetzt völlig verrückt geworden? Hat er dir etwa was gesagt? Antworte! Oh Gott, du bist ganz blass. Was hat er getan, Marie?“

Mein Herz schlägt laut. Und mein Gehirn schlägt im gleichen Takt. Noch nie habe ich einen solchen Rhythmus im Gehirn gespürt. Eigentlich kann das Gehirn doch gar nichts empfinden! Aber jetzt spüre ich es schlagen. Und dann fühle ich Schmerz: den Schmerz des Aliens. Er ist tief einsam.

„Los, Marie, was hast du gehört? Was hat er dir gesagt?“

„Nichts“, lüge ich.

Olivia durchschaut mich.

„Du spielst ein gefährliches Spiel. Ein lebensgefährliches. Sieh dich vor.“

Sie packt mich grob am Arm und zerrt mich von dem Alien weg.

Wieso kommen immer noch keine Wachen?

Das beunruhigt mich jetzt ziemlich. Viel mehr, als wenn ich mich mit strengen, großen Männern in Uniform abgeben müsste. Oder mit kleinen Mädchen.

Area 51 steckt voller Rätsel.

22.

„Olivia, von wo sind sie hierhergekommen?“

„Das wissen wir nicht.“

„Erzähl mir keinen Unsinn. Von Kepler62?“

„Wir wissen es wirklich nicht. ‚Ernsthaft‘, wie du zu sagen pflegst. Die beiden sind mit einem Raumschiff hier gelandet, an das sie sich festgekettet hatten. Quasi wie Anhalter, Tramper. So was gibt es. Aber wo sie gestartet sind, auf welchem Planeten sie wohnen, in welchem Sonnensystem, das wissen wir nicht. Es ist reines Glück, dass die beiden ganz in der Nähe gelandet sind. Leider kommunizieren sie nicht mit uns.“

In meinem Kopf herrscht Chaos. Ich weiß, dass ich das nicht einfach abhaken kann: die Tatsache, dass es noch anderes Leben gibt. Dass wir nicht allein sind im Universum. Ich finde das total verrückt und großartig. Am liebsten würde ich mich in den Arm kneifen und testen, ob ich träume. Wahrscheinlich müsste ich mir sogar in den Arm beißen.

„Das ist unglaublich, Olivia. Wieso gebt ihr das nicht an die Medien weiter? Das ist doch eine Riesenneuigkeit!“

„Wir wollen noch etwas weiterforschen, ehe wir die

Existenz von Flapman und dem Flüsterer öffentlich machen."

Das mit dem Anketten ans Raumschiff glaube ich Olivia nicht. Mal eben getrampt und bei mehreren Tausend Stundenkilometern durchs eiskalte Weltall gereist, haha! Ich bin kurz davor, zu sagen, dass ihre Story gelogen ist. Aber vielleicht sollte ich mich besser zurückhalten – immerhin habe ich sie vorhin erst mit einer Pistole bedroht.

„Ich möchte mit General Livingston sprechen", sage ich.

„Das geht nicht, er ist… sehr krank", wehrt Olivia ab. „Plötzliche Herzprobleme. Aber du kannst dir sicher sein, dass ich von dir erzählen und ihn grüßen werde."

„Na gut. Und was für eine Strafe erwartet mich jetzt eigentlich? Immerhin habe ich dich bedroht, um hierherzukommen."

„Gar keine."

„Ist das dein Ernst?"

„Ja."

Erst bin ich erleichtert. Dann kriege ich Angst. Die Amerikaner bestrafen doch sonst alles.

„Du solltest jetzt schlafen gehen, Marie. Du brauchst Ruhe. Und sag mir sofort Bescheid, wenn du Stimmen hörst oder Ähnliches. Wirklich. Wenn du uns was verheimlichst und das rauskommt, ist das Spiel vorbei. Deine Reise mit uns endet sofort. Mehr noch, du bist dann ein Feind, eine Bedrohung. Ich frage dich nochmal: Du hast wirklich nichts gehört?“

Sie sieht mich forschend an.

„Nein.“

Und noch etwas anderes verberge ich vor ihr: Ich möchte hier weg. Olivias Tritt in die Magengrube tut immer noch weh.

23.

Was will mir der Flüsterer sagen? Weiß er wirklich, was ich denke? Hat er mir so was wie einen Auftrag gegeben? Wie kann ich das Rätsel lösen? Wieso hält die NASA seine Existenz geheim? Wieso gibt sie nicht mit ihm und Flapman an?

Sie liegt hinter den Sternen und unter den Bergen,
sie füllt die leeren Löcher. Sie geht vor dir her und
folgt dir auch nach, löscht Lachen und auch Leben.

Unruhig wälze ich mich im Bett hin und her. Es kommt mir vor, als würde mein sowieso schon kleines Zimmer noch schrumpfen. Leider habe ich hier keine Schlaftabletten. So was ist bei denen nicht erlaubt.

Ich stehe früh auf und schleiche mich auf den Flur. Alle anderen schlafen. Ich bewege mich so leise wie möglich.

Plötzlich geht neben mir eine Fahrstuhltür auf. Heraus tritt eine große, kräftige Gestalt. Ich sterbe fast vor Schreck. Ist das ein weiterer Alien? Dafür sieht er aber sehr menschenähnlich aus!

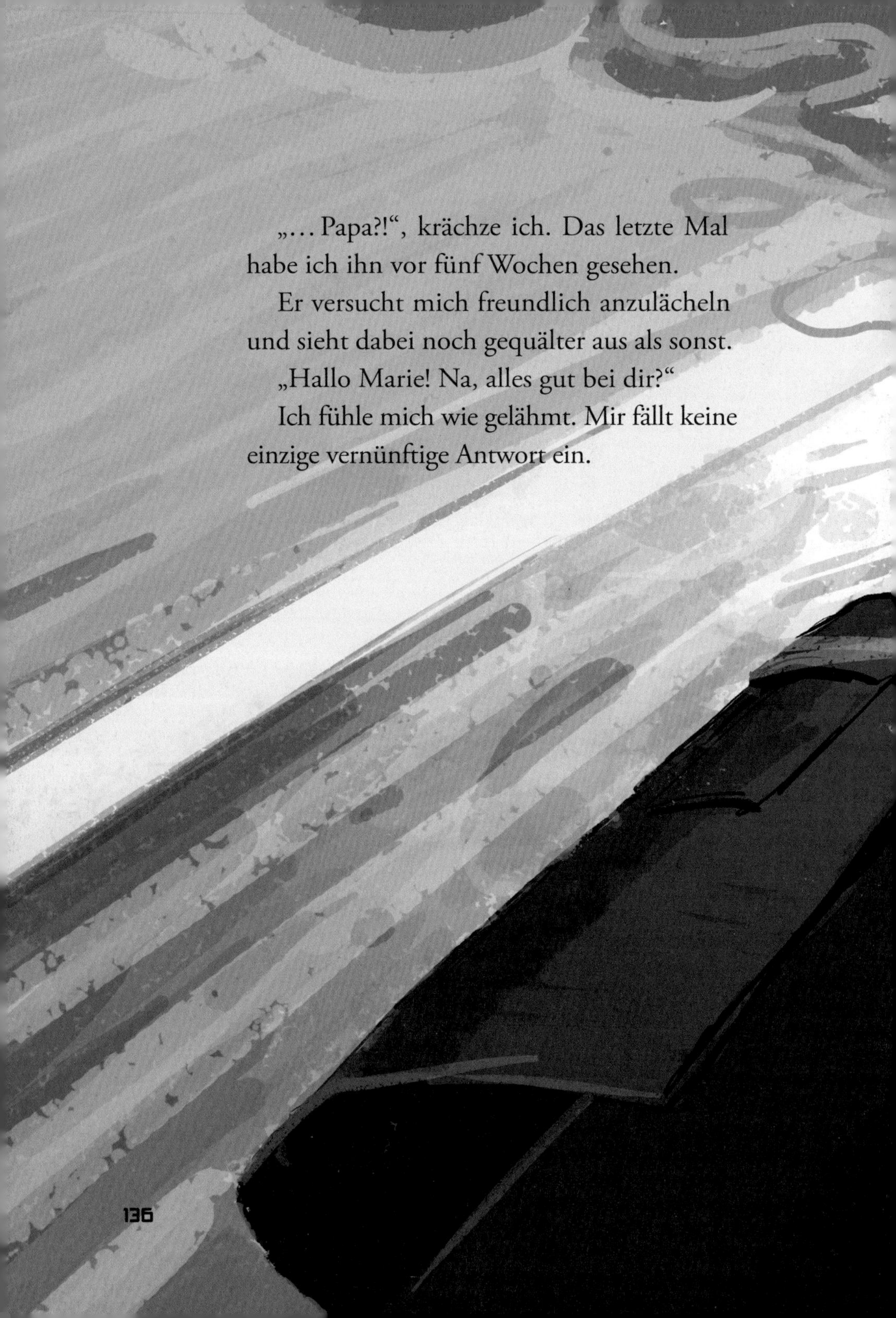

„… Papa?!“, krächze ich. Das letzte Mal habe ich ihn vor fünf Wochen gesehen.

Er versucht mich freundlich anzulächeln und sieht dabei noch gequälter aus als sonst.

„Hallo Marie! Na, alles gut bei dir?“

Ich fühle mich wie gelähmt. Mir fällt keine einzige vernünftige Antwort ein.

Wie auch? Und keine Gegenfrage. Zum Beispiel, was er hier zu suchen hat. Ich könnte ihm tausend kritische Fragen stellen, aber keine will über meine Lippen.

„Papa … ich möchte … nach Hause", stammele ich schließlich, „Hol mich bitte hier raus …"

„Ich habe gerade viel zu tun, Marie", wehrt er ab. „Aber ich komme später wieder vorbei. Dann erzähl ich dir was Spannendes, okay?"

Er geht rückwärts in den Fahrstuhl zurück. Eine Sekunde später ist er verschwunden. *Ich habe gerade viel zu tun* – diese sechs Worte höre ich seit meiner frühesten Kindheit. Jedes Mal geben sie mir einen Stich.

Was weiß mein Vater vom Kepler-Projekt? Was tut er hier? Ist das alles nur ein seltsamer Traum?

Nein. Unsere Begegnung eben war die ganz normale, traurige Realität.

Ich müsste ihn verfolgen. Aber meine Beine sind schwer wie Blei. Ich fühle mich der Situation vollkommen ausgeliefert. Und mutterseelenallein.

Wenn ich wenigstens weinen könnte, zumindest ein bisschen. Das würde mir helfen. In bin absolut einsam. Könnte ich doch wenigstens zum Flüsterer. Ja, ich merke, dass ich ihn vermisse. Sogar noch mehr als meinen Freund Erik.

Verdammt, ich muss hier unbedingt raus.

Sofort.

24.

Der Flur hat viele Abzweigungen. Und viele Fahrstuhltüren. Wie finde ich hier raus? Die Fahrstühle sind anders als in Hotels: Es gibt keinen Schalter, der zurück ins Erdgeschoss führt. Man kann nur innerhalb des Kellers aussteigen. Welchen Knopf soll ich drücken? Irgendeinen? Ein unangenehmes Gefühl steigt in mir auf. Es ist tiefschwarz und nimmt von mir Besitz. Es ist Panik. Ich bin hier gefangen. Genauso wie der Flüsterer.

Und niemand ist auf meiner Seite.

„Hallo, Marie. Wo willst du hin?“

Ich drehe mich um.

Es ist Olivia. Sie ist überall.

„Ich kann nicht schlafen“, sage ich. „Die Luft ist so schlecht hier. Vielleicht ist sie woanders besser.“

„Pure Einbildung, die Luft ist gut, überall.“

„Für mich fühlt sie sich aber schlecht an. Ich muss raus, Olivia. Ich will den Sternenhimmel sehen. Der ist bestimmt wunderschön hier in der Wüste Nevada. Oder darf ich das nicht? Bin ich etwa eine Gefangene?“

Meine Lippe zittert, was Olivia leider nicht entgeht.

„Wenn's unbedingt sein muss, bringe ich dich hoch." Sie sieht mich aufmerksam an. Mitleid hat sie nicht.

„Tut mir echt leid mit der Pistole", sage ich, um die Stimmung zwischen uns zu verbessern.

„Vergiss es. Auf unsere Waffenspezialisten hast du großen Eindruck gemacht, sie wollen morgen mit dir reden."

Ich mag Olivia von Mal zu Mal weniger. Heute macht sie mich sogar richtig nervös. Sie hat die Ausstrahlung einer Löwin, die konzentriert auf den richtigen Moment für den Angriff wartet. Ich versuche mich zu beruhigen und sage mir, dass sie wahrscheinlich einfach nur eine Maschine ist, eine neurogetunte Frau. Und falls nicht, dass sie mich dann bestimmt doch ein kleines bisschen mag.

Mein Herz stolpert. Mir wird schwindelig. Für einen Moment schließe ich die Augen.

Das ist ein Fehler. Olivia nutzt die Chance und rammt mir eine Spritze an den Hals.

„Nein!" rufe ich.

Das „Papa!" kommt nur noch erstickt aus meinem Mund.

Der Wirkstoff muss unglaublich stark sein.

25.

Ich schlafe eine halbe Ewigkeit. Als ich die Augen aufmache, umgibt mich milchig weißes Licht. Wie Glas. Nichts Spannendes, ich könnte gleich wieder einschlafen.

Dann sehe ich, dass ich wirklich von Glas umgeben bin. Und ich erinnere mich, dass Olivia mich betäubt hat.

Ich liege in einer Kapsel und kann nicht mehr raus. Hier drin werde ich die weite Reise zum Planeten Kepler62 antreten. Überwacht von Geräten, die meine Körperfunktionen und meinen Schlaf checken. Meine Hände sind fixiert, ich kann sie nicht bewegen. So soll ich durchs Weltall fliegen? Das fühlt sich eher an wie in einer geschlossenen Psychiatrie oder einem Horrorfilm. Ist aber leider wahr. *Sei Teil der Geschichte,* haha.

Die Einstichstelle an meinem Hals tut noch sehr weh. So lange kann Olivias Attacke also nicht her sein. Aber hieß es nicht kürzlich, wir starten erst in drei Monaten? Oder habe ich jetzt jedes Zeitgefühl verloren?

Bin ich wirklich schon drei Monate im Keller von Area 51? Was ist mit meinen Muskeln, habe ich sie etwa nicht genug trainiert? Ich kriege nicht mal ein Zucken zustande. Schrecklich. Ich darf jetzt auf keinen Fall einschlafen. Doch die Müdigkeit ist stärker, ich dämmere wieder weg. Genauso, wie es geplant war. Sie hatten es uns ja gleich zu Anfang ganz offen gesagt.

Dass sie uns in einen künstlichen Schlaf versetzen und unsere Gehirnfunktionen runterfahren würden. Wie für einen Winterschlaf. Alles läuft auf Sparflamme. Ein künstliches Koma.

„Ich will nicht …“ Meine Stimme ist nur ein Murmeln.

Sind das Halluzinationen? Nebenwirkungen? Plötzlich schwebt das Gesicht von Livingston über mir. Er atmet schwer und sieht todkrank aus. Seine Stimme klingt verzerrt, wie unter Wasser.

„Hab keine Angst, Marie. Ich soll dich von deinem Vater grüßen. Er …“

Gleich wird mein Bewusstseinsfaden reißen. Mein Körper produziert kein Adrenalin mehr. Die Wirkung der Spritze steigt aus den Armen und Beinen bis hoch in den Kopf. Und dann wird alles dunkel. Mein Körper zuckt noch ein paarmal, als wollte er mich zurückholen – vergeblich. Auf einmal höre ich Yoda sprechen, schöne fremde Worte, die jedoch weit entfernt vorbeigleiten. So wie die Tiere beim Schießen. Nur ein paar wenige Fetzen verstehe ich:

„… wird gut … Zukunft … eliminieren … eine neue Welt … Hoffnung.“

Jetzt kann ich nicht einmal mehr meine Gesichtsmuskeln bewegen. Und denken kann ich sowieso nicht mehr. Das einzige Wort, das noch hängen bleibt: eliminieren. Das benutzt mein Vater, wenn er über die Einsatzmöglichkeiten seiner Waffen spricht. Jetzt heißt es vielleicht etwas anderes.

Ich habe Angst. Ich spüre, dass ich immer tiefer gezogen werde. Ein endloses Fallen. Ist das hier ein leeres Loch, so wie in dem Rätsel? Eine metallische Stimme zählt einen Countdown:

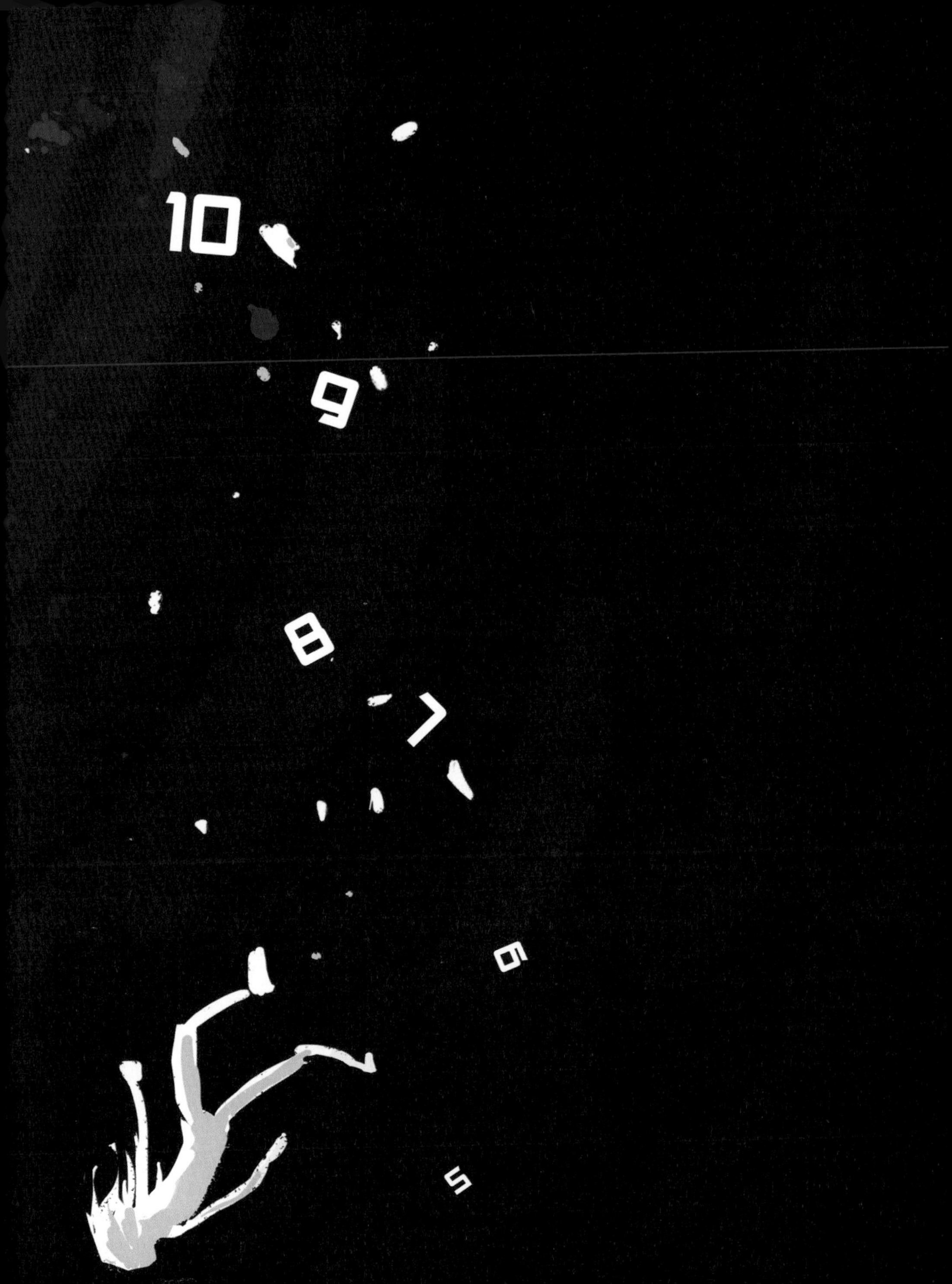
10
9
8
7
6
5

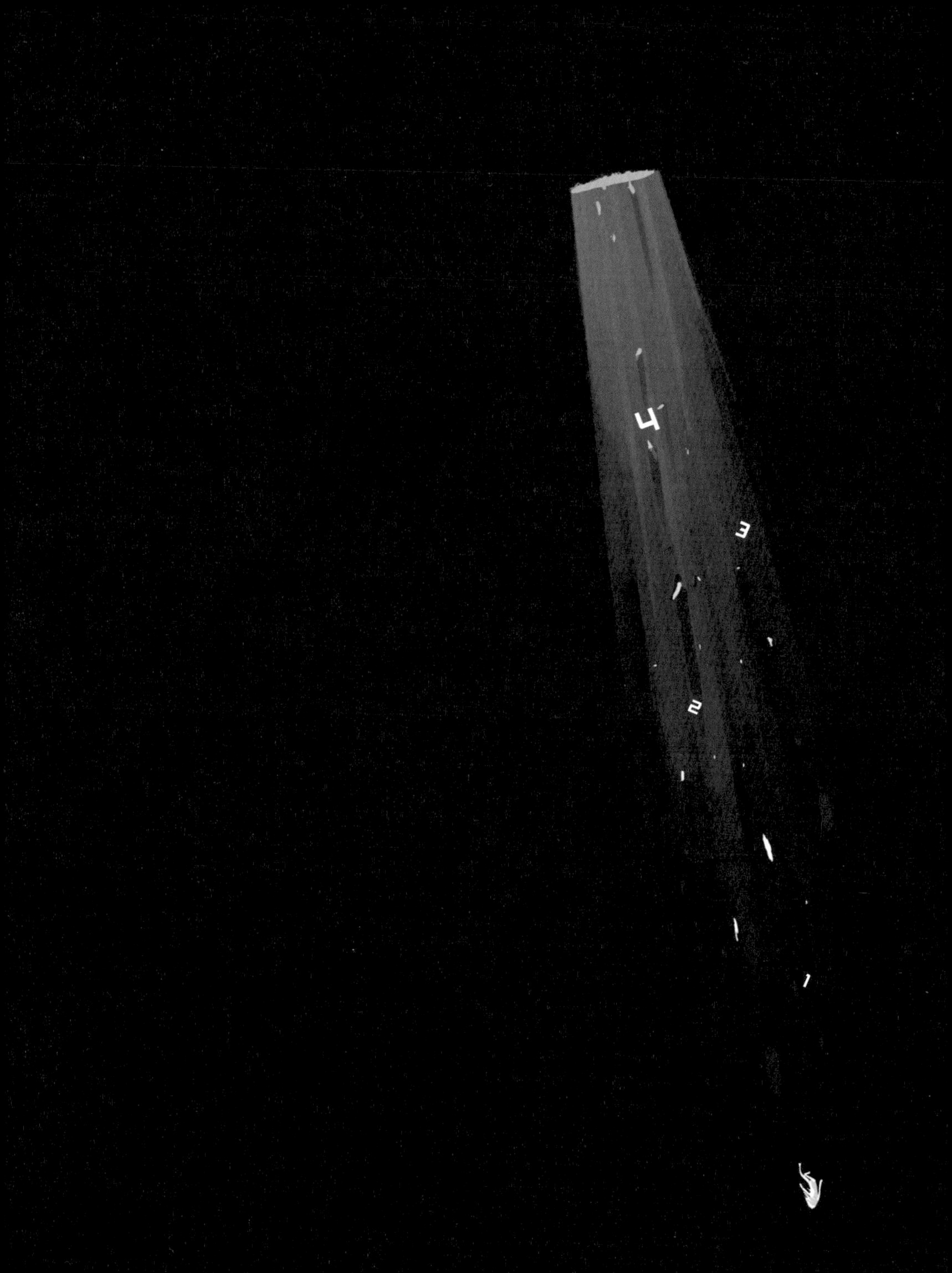
4
3
2
1

Und gerade rechtzeitig vor der Null
weiß ich die Lösung des Rätsels.

KEPL

ER62

DAS KEPLER62-PLANETENSYSTEM
62c
62b

62f
62e
62d

Das ultimative

128 Seiten, ca. €/D 12,99
ISBN 978-3-440-16612-3

160 Seiten, ca. €/D 12,99
ISBN 978-3-440-16613-0

Hörspiel
Die Einladung
ca. €/D 8,99
ISBN 978-3-8032-3465-0

Hörspiel
Der Countdown
ca. €/D 8,99
ISBN 978-3-8032-3466-7

Weltraum-Abenteuer

März 2020

176 Seiten, ca. €/D 12,99
ISBN 978-3-440-16614-7

General Livingston verabschiedet die Kinder, die den sterbenden Planeten verlassen und sich im Weltall auf die Suche nach einer neuen Heimat machen. Doch als sie an Bord des Raumschiffs gehen, wird Ari mehr und mehr klar, dass sie nicht vollständig über die neue Mission aufgeklärt wurden. Wer schläft in der geheimen Kapsel an Bord und warum wacht Ari während der Reise auf, obwohl er mehrere Jahrhunderte hätte schlafen sollen? Ari erkundet das mysteriöse Raumschiff, als ihm klar wird, dass noch jemand wach ist …

kosmos.de Preisänderung vorbehalten

KEPLER62-TEAM
WELTALL-ADMIRAL
TIMO
KOMMANDANT FÜR
ESSEN UND TRINKEN
BJØRN
KEPLER-62 STORYLINE
VISUELLE EFFEKTE PASI